剛剛離開的世界

방금 떠나온 세계

金草葉 김초엽 著
胡椒筒 譯

各方好評推薦

在擁擠的世界裡也難免覺得寂寞，讀金草葉的小說卻像在外星也有能靈魂溝通的朋友。我想這就是她作品的魅力吧。

——沈意卿（作家）

金草葉筆下描繪出的那些奇異的世界，很吸引人的還是對於關係的模樣有著深刻的書寫，纖細的情感流動更在閱讀的過程越漸鮮明，非常動人。

——洪佩瑜（歌手）

讀完此書，我的腦海中不斷出現「一期一會」這個日語詞彙。金草葉的文字帶著哀傷，卻也傳遞著美麗與溫柔。閱讀的過程中，我的淚水時常在眼眶裡打轉；但那是難過、喜悅，還是其他情緒的淚水，就得讓讀者們自己體會了。

——馬立軒（【中華科幻學會】理事長）

我們身處的宇宙瀰漫著名為「鴻溝」的遺憾，而金草葉以跨越時間與空間的美麗文字，溫暖地撫平這些傷痕，療癒所有曾經寂寞的靈魂。為什麼年輕的她能為韓國科幻帶來革命，甚至震撼整個文學界？《剛剛離開的世界》讓我立刻理解了答案。

——**喬齊安（台灣犯罪作家聯會成員、文藝評論家）**

為何人們愛讀金草葉？因為我們總能在她的文字中，讀見浮想聯翩，思辨人性質地。這些故事看似建構繁複世界，實則探究生命內核。當讀者撥開科幻外衣，望見的將是一張張人類的情感剪影。

——**彭紹宇（作家）**

金草葉的小說總能將陌異遙遠的科幻與未來帶到讀者身邊，閱讀這些角色經歷的奇特遭遇，不僅不會引致隔閡，反而更像是讀者的認知思維被溫暖擴張了一回。

——**陳育萱（作家）**

再會金草葉，她的想像力更無邊際了，但同時，我卻覺得這之中的隱喻離我們目前的世界更加貼近，像是後疫情時代的演化正著實在這位女子的文字間發生，過程令人瞠目結舌，卻無比真實並且美麗。我真心為此書讚嘆不已，拜託大家讀它！

——鄭宜農（音樂人）

在不能理解與試圖理解的過程中，最終無論結局是理解與否，我們都愛著，並且渴望繼續愛下去，即使在努力過後仍然無法理解，或者只能極為片面的理解，那也並不妨礙愛的可能。

——劉芷妤（小說家）

目次

蘿拉

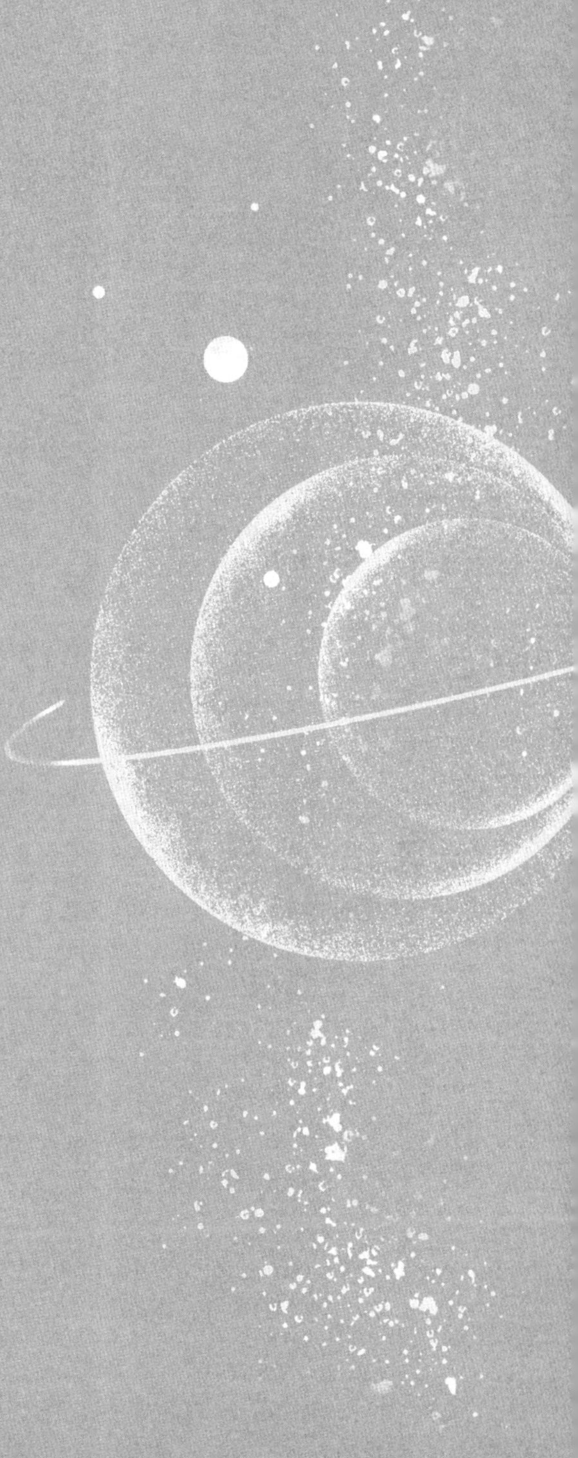

珍收回放在筆電上的手，望向窗外。太陽已經西下。整日盯著一閃一閃的游標，卻沒有寫完回信。珍很久沒有回覆之前累積的郵件，之前他還會點開看一下正文，但現在只要看標題就能大致猜到信裡的內容，所以他沒有再看了。

大部分的郵件都是關於《錯誤的地圖》，有的人為了課題或論文來信想詢問更多的案例，有的人則是為了索要參考資料。除此之外，還有各種千奇百怪的內容，像是周圍有「地圖」壞掉的人、懷疑自己擁有錯誤地圖的人，甚至還有只想約珍見面聊天的人。

最初，珍點開這些郵件是以為他可以從中發現自己想尋找的先例，但隨著時間的推移，便放棄這種期待。珍能理解來信人們的迫切心情，他也曾經如此，所以才會輾轉於世界各地，廢寢忘食地採訪、查閱論文、自學那些陌生的醫學用語。如今，採訪都結束了，但他還是沒有得到自己想要的答案。珍已經精疲力盡。

眾多《錯誤的地圖》的讀者都說，從書中獲得驚人的啟發，曉悟人生的重要靈感，以及透過此書更充分地去理解自己和他人。讀者的反饋令珍感到既奇怪又不合理，它們使提筆寫下這些內容的自己更增添無數的疑問。

為了理解蘿拉而啟程的旅行，卻沒有讓珍找到任何答案。《錯誤的地圖》拯救了別人，卻沒有拯救珍。現在的他不過就是一個為故事畫下句點的新聞工作者。《錯誤的地圖》在去年製作成紀錄長片，更在各大影展斬獲獎項，身為原著作者，珍因此收到許多採訪邀約和工作信件，但他全不回應。珍自覺說什麼都是畫蛇添足，且這個問題以未解之謎的狀態就這般結束了。

但一週前他收到一封讓他略感意外的郵件。自稱H的女人沒有提出索要參考資料的需求，也沒有講述自己或他人故事的字字句句，甚至連她是誰、如何發現這本書也沒提。郵件的開頭平淡無奇，只說她讀完《錯誤的地圖》後受到極大的衝擊，這本書闡述了自己人生中非常有意義的事情。當然，如果只提這些內容，珍也不會覺得這封郵件有何特別之處。

H問了一個其他的問題，一個關於蘿拉的問題：

之前讀過您寫的愛情故事。因為與我所處的情況極為相似，所以那篇文章讓我留下深刻的印象。我猜獻詞中的L就是那個人吧。她也讀過這本書嗎？請問她最後做了怎樣的選擇呢？

H是在哪裡讀到蘿拉的故事呢？珍從未在書中提及過蘿拉。雖然整趟旅程和所有的文章全來自對理解蘿拉的渴望，但珍從始至終沒有使用蘿拉的名字。就算蘿拉同意他寫出自己的故事，珍也不會那樣做的。

難道是書本出版以後，在接受採訪時自己無意間提到蘿拉？珍反覆回想也不記得有提過。少數細心的讀者偶爾會問起序文中的那個人是誰，但珍始終對這個問題守口如瓶。珍猜想也許H提到的「之前」是真的很久以前，可能是在《錯誤的地圖》的初稿完成以前。在還沒有靠版稅維生前，珍曾為雜誌寫一些戀愛專欄賺點小錢。想起那時候寫的文章，珍不禁感到些許後悔，但他還是決定向H詢問是在何處得知關於蘿拉的事。

回信時，自動清洗完畢的咖啡機發出製作咖啡的嘈雜聲。珍走到餐桌前拿起咖啡杯，溫熱的杯觸讓人感到陌生。自從開始思考關於蘿拉和蘿拉的人生，以及蘿拉的感受後，珍便對這些格外日常的感覺產生異質感。珍對比著手掌感受到的溫度與手背感受到的冷空氣，同時想起了蘿拉，是怎樣的感覺充斥著她的人生？

蘿拉說，愛與理解是兩件事。珍無法認同這句話，所以踏上漫長的採訪之旅。讓珍感到非常悲傷的是，蘿拉的某一部分變成未知領域，而她根本沒有打算解釋的態度。珍走遍全世界，遇到與蘿拉相似卻又不完全相同之人。這些人對珍充滿戒備，時而熱情歡迎，時而拒絕他，但珍還是在他們身上發現各自不同的真實部分。正因為如此，珍自覺在某一瞬間理解了蘿拉，也幾乎觸碰到蘿拉複雜的內心世界。

《錯誤的地圖》以這樣的獻詞開始：

獻給依然無法理解的L。

人類擁有固有的身體地圖。我們之所以不去思考也知道四肢在哪裡，是因為我們擁有感知位置與動作的本體感覺。但有些人擁有的卻是錯位的本體感覺。換句話說，這些人擁有的是「錯誤的地圖」。

藉助暫時的神經麻醉可以抹去本體感覺，但有過這種經驗的人聲稱，他們感覺身體不是自己的，嚴重的人還會產生身體與靈魂分家的錯覺。但這不過是短時間持續的副作用罷了。相反的，有的人則會持續存在這類不一致的感覺。身體以這種方式存在令他們感到不適，即使從外觀上看來毫無異常，但他們始終覺得四肢不屬於自己，或是對視覺、聽覺等感覺產生排斥心理。這些人渴望現實身體與擁有的身體地圖保持一致，所以有的人選擇致盲眼睛，有的人選擇截肢。

珍前往的第一個目的地是馬德里。在馬德里的一間餐廳裡，珍見到了那些想要截肢的人們。這些人剛組織聚會沒多久，其中很多人被診斷為身體完整性認同障礙，他們都因大腦內的身體地圖與實際的身體不協調而感到不適。雖然有的人能安於藉助輔助器固定不適的部位，使其無法使用，但還是有許多人渴望找到醫治的方法，也就是願意幫助他們做截肢手術的醫生。

「沒有其他的醫治方法嗎？」

「我們所有的方法都嘗試過了，什麼心理諮商、精神治療，光是藥就吞了幾十種。靠鏡子療法或虛擬實境療法痊癒的人也十分罕見。所有的方法全部嘗試過後，最終無藥可醫的人都聚在這。您要是知道那些醫生用了多少荒謬的方法治療我們，也會跟著我們嘆息的。」

這些人架設一個網站，蒐集許許多多處境相同之人的故事。雖然該網站受到全世界的矚目，隨即也招致四面八方的批判。人們斥責他們應該立即接受精神治療，某些身心障礙團體更對此表達不滿，認為他們是將身體障礙浪漫化。目前該網站正處在臨時關閉的狀態。

「我們也知道失去四肢不容易生活，但儘管如此，我們還是無法忍受這種可怕的不協調感。我知道截去健全的手腳會讓人覺得很詭異，但在安全的環境下接受適當的治療，與存在不切實際的幻想忍受精神上的痛苦，哪一邊更殘忍呢？幾十年來，我們沒有接受過正常的治療。只要病情稍稍惡化，就會被送進精神病院。人們就只會安慰我們說，總有一天會有治療這種疾病的方法。但在根本沒有治療方法的情況下，講這種話又有什麼意義？」

在這個團體裡擔任要職的男人斬釘截鐵地說：

「我們認識的人當中，有人割斷自己大腿，結果感染而死。有的人雖然自己截肢成功，但因為處理得不夠徹底，至今仍時常感到不適。我有一個朋友因為走投無路，最後自己用槍打爛手臂後，才跑去醫院做截肢手術。現在他對自己的身體很滿意。很不幸的是，對我們而言，真的只有這種方法而已。」

聊天過程中，大家聽聞珍正在寫書，於是有人為他介紹了惠允。惠允是少見的徹底喪失所有本體感覺的人。珍透過電子郵件聯絡到惠允，但她因為感受不到手的位置，打字十分困難，所以以視訊來電。畫面中的惠允看起來沒有任何的異常，但在對話過程中，她不停地斜視確認自己的身體。惠允說，如果不一直確認身體的位置就會感到不安。珍談到馬德里聚會一事並詢問惠允對截肢治療的看法。

「是那些怪咖朋友把我介紹給您的？他們都是很有趣的人。我能理解他們的心情，有時我也很害怕自己這副沒有任何感覺的身體。但截肢的問題，我就不太清楚了。如果截肢可以解決問題，那麼以我的情況假如選擇截肢，我豈不是只有死路一條了嗎？我還能做什麼呢？」

惠允笑笑，也說自己是在開玩笑。

「我經常想尋死，但也很難解釋清楚啦。如果按你的說法，他們是擁有變形地圖的人，而我則是根本沒有地圖的人。因為存在差異，所以不能放在一塊進行比較。」

總部設在美國康乃狄格的世界超人類聯盟，是一個挑戰人類身體極限的團體。該團體設立主要目的是實現增強人體手術的合法化，並推進改造身體自主化的法案。這裡聚集各種自主改造身體的人，他們為了實現改造身體不惜遊走在法律邊緣。

聯盟會長是一位女性，她耳朵長長的耳垂一直垂到肩膀，給人留下深刻印象。

「所以說，現在的法律限制得過於嚴格。限制的名義是可以治療，但不可以增強。

可是治療與增強的界線又不是非常明確，況且長期以來人類仍不斷演變、改造自己的身體。既然不允許增強，那也應該禁止往好好的骨頭裡植入鋼釘和接種疫苗啊。」

會長的耳垂上戴著碩大又古典雅致的耳環，看起來好似從古代文明穿越到現代的王族。

「聯盟的會員都對新的感覺特別感興趣，特別是改善視覺和聽覺。僅利用現有的技術，我們就能擁有高出常人兩倍效率的超視覺。但現實很可笑，要想做這種手術，就必須先證明自己的視力有問題。最近還很流行把感測器植入手指，我覺得日常生活中不實用所以沒有嘗試，不過聽年輕人說，這種感測器非常有趣。喔，對了，也有追求外表的案例。聽聞我們一名會員勇於嘗試，利用新材質取代部分的骨頭和肌肉後，讓自己的身姿變得更挺拔、更優雅。這位會員現在是非常知名的模特兒。有很多人也會像我這樣，透過一些小手術改變外貌，變成自己滿意的模樣。」

超人類聯盟的會員非常積極地參與改造身體，他們在不危及生命的前提下，又或者甘願冒著生命危險盡可能地挑戰各種嘗試。這些人的目標十分堅定——追求更好的身體機能，超越現有的身體極限。

當珍向超人類聯盟的會員介紹《錯誤的地圖》的書中內容時，很多人搖了搖頭。

「我們從不覺得自己的身體有問題。如果您想把我們的案例寫入書中，應該非常不合適。不過話說回來，我們的確認同所謂的身體遠遠不足以承載人類無窮無盡的潛力和靈魂。我們在做的事情是為了充分展現這種潛在的可能性而增強改造自己的身體。」

超人類聯盟的會員與存在身體完整性認同障礙的患者不同，也與那些因事故失去肢體後出現幻肢痛的人不一樣。超人類聯盟的會員不排斥身體變形，他們希望透過積極的人體改造擁有更好的身體。

對話快要結束的時候，珍問道：

「那你們對於多增加一隻手臂，有何看法呢？這也算是一種增強嗎？」

「這個嘛，我偶爾也會覺得手臂不夠用。一手拿文件，一手拿咖啡，還要去推沉重的玻璃門……」

女人似乎覺得這種問題很奇怪，不以為然地回答說：

「但是，我平時從沒覺得兩隻手不夠用。」

蘿拉想擁有第三隻手臂。

二十一歲那年，珍初識蘿拉。那天，珍剛從大學的健身中心運動完時，看到一名身穿健身中心制服的工讀生推著裝滿毛巾的推車撞在柱子上。嚇了一跳的人們蜂擁圍靠，珍也上前幫忙撿起散落一地的毛巾。當時，那位走路三心二意的工讀生就是蘿拉。蘿拉向珍道謝，還說要不是珍的幫忙，晚上的家教課就要遲到了，她還說改天想請珍喝杯咖啡。那時候，珍對蘿拉的感情只不過是單純的好奇與些許好感罷了。問題發生在第二次約咖啡店見面的時候，堅持要去端咖啡的蘿拉在根本不可能滑倒的環境下，突然失去平衡摔倒了。看到將咖啡全灑在身上的蘿拉，珍大吃一驚，趕緊過去幫忙，但珍永遠也忘不了當時蘿拉的表情。

蘿拉流露出的不是打翻咖啡的驚慌失措、自責、懊惱和感到丟臉的表情，而是微妙的絕望與麻木參半的神情。換句話說，蘿拉的表情像是在說：「沒辦法囉。」

當她與珍四目對視時，蘿拉轉換表情並笑道：

「看來洗也洗不掉了，肯定會留下很漂亮的汙漬。不過話說回來，這裡的咖啡味道很不錯耶。下回再請你喝咖啡吧，好嗎？」

珍覺得蘿拉是一位過於天真爛漫的人。很快的，珍就被這樣的蘿拉所吸引。正因為如此，珍根本沒有意識到蘿拉存在某種無法解決的問題。直到很久之後，珍才發現蘿拉的問題。回頭細想，其實從一開始就有許多可疑之處。

蘿拉會突然舉起雙手，或者突然停在正走進的店門口，再不然就是一隻手拿著餐叉時，另一隻手試圖阻止那隻手。當時珍認為蘿拉只是古靈精怪，所以才有這些小舉動。不僅如此，蘿拉還經常摔倒、撞傷自己，身上出現許多傷痕。然而，這都不是出於單純的疏忽大意。更奇怪的是，蘿拉對此毫不在意。有一天，珍發現蘿拉的右手臂上出現許多傷痕，不禁懷疑蘿拉是否有自殘的傾向。當他小心翼翼地詢問她，蘿拉若無其事地回答：

「我小時候有過一次嚴重的交通事故，可能是因為後遺症，偶爾會覺得全身無力，感覺就像緊繃的橡皮筋突然斷開似。這不是什麼大問題，人人都會遇到這樣傷腦筋的小事。」

三十歲的蘿拉辭去工作後，當起自由設計師。蘿拉在家工作，讓珍鬆了一口氣，因為比起每天通勤，他覺得蘿拉在家工作更安全。

隔年，他們交往快滿十年的時候，蘿拉第一次對珍說：

「我有第三隻手臂，我打算去安裝它。」

蘿拉說，自從十二歲經歷那場車禍以後，時常會因為不存在的第三隻手臂而感到劇痛。雖然因事故失去肢體而出現幻肢痛很常見，但蘿拉的情況卻是因為不存在的手臂而感受到痛症。無論接受何種復健治療都無濟於事，唯一有過效果的治療是虛擬實境療法。二十幾歲的時候，神經科醫生建議蘿拉接受虛擬實境療法。出乎意料的是，這種療法成功削弱了因第三隻手臂而出現的痛症，但卻也適得其反，讓存在第三隻手臂的感覺變得更加鮮明強烈。

珍無法理解蘿拉的決定。因事故出現虛假感覺的話，應該想辦法消除那種感覺，安裝義肢怎麼會成為解決問題的方法呢？珍為了說服蘿拉，不斷替她物色新醫院，勸她到其他醫院接受治療。

感受到珍的震驚，且勸說意志非常堅定，所以蘿拉接受了珍的提議，接受進行一段時間的治療。期間，蘿拉沒有再提起安裝第三隻手臂的事，乖乖地接受治療。每天夜裡，珍都會安慰蘿拉：會好起來的，會沒事的，不要輕易放棄。

但蘿拉的謊言並沒有持續多久，幾個月後，她單刀直入地告訴珍：

「珍，我預備下週動手術。」

蘿拉說，從好幾年前就開始移植機械手臂的準備。首先，她得提交各種複雜的資料來證明移植手臂的目的不是為了改造身體或出於個人喜好，是為了治療「不協調」的症狀。接下來，蘿拉親自設計第三隻手臂，在與義肢專家商討後，訂製機器手臂。

手臂製成後，透過臨時安裝和試用，進行更具體的細節調整。在正式進行手臂與神經、肌肉相連的手術前，蘿拉把這一決定告訴家人，最後才通知珍。珍無法理解自己深愛的人一直為根本不存在的手臂而感到的混亂，以及解決該問題的方法不是醫治大腦，而是移植新的手臂。但比起這些，讓珍更加難以接受的是，蘿拉沒有和自己商量，而是獨自做出所有決定後才告知。

「政府竟然批准做這麼荒謬的手術？」

「是啊，就因為是荒謬的手術，所以準備過程非常複雜。過去十年來，我一直在蒐集關於大腦的資料。珍，你看，這就是我大腦中的地圖。」

蘿拉遞上的資料裡，包含黑白大腦掃描數據和醫生們的意見書。儘管蘿拉嘗試許多治療法，但仍切實地感受到第三隻手臂的存在。任何方法都無法醫治蘿拉的大腦，錯誤的地圖已經徹底支配她的人生。

「你看，那隻手臂現在也正撫摸著你。我們擁抱的時候，我都用第三隻手撫摸你的臉頰。但每次意識到它並不是真的存在時，我便感到宛如夾在某種隙縫之中。珍，我不是沒有想過你的感受。如果換作是我，我也很難接受這件事。」
蘿拉對沉默的珍說：
「如果你因此離開我的話，我會非常難過。愛你，讓我變得幸福。但即使如此，我也不能放棄做我自己。做自己，是我賭上整個人生的冒險。希望你能支持我，但如果不能……」
蘿拉欲言又止，凝視珍良久，然後開口說：
「不能也沒關係，因為我別無選擇了。」

最令珍感到痛苦的是，蘿拉從一開始就沒有想要被理解。蘿拉把第三隻手臂視為自己一個人的問題，交往以來從沒有向珍提起這件事，直到決定移植義肢前才單方面通知他。面對蘿拉這種態度，珍不禁懷疑蘿拉從一開始就不期待別人的理解。也許正是這種痛苦促使他提筆創作《錯誤的地圖》。寫作是珍理解他人的方式，他很想了解蘿拉的內心世界。

珍蒐集大量的書籍和論文，透過朋友介紹進行許多採訪。只要對方同意受訪，無論身在何處，珍都會動身前去拜訪。採訪持續了一年半，期間珍見到幾十名與蘿拉相似的人，存在身體完整性認同障礙的人和蘿拉一樣，都希望透過改變身體來解決大腦中錯誤的地圖與身體不協調的問題。另一方面，從並非截肢而是增加、改造身體方向來看，超人類聯盟的會員也與蘿拉十分相似。但其中，沒有一個人與蘿拉的情況徹底相同。

收錄在《錯誤的地圖》一書中的案例裡，只有一例與蘿拉的情況十分吻合。接受採訪的老人回憶說，那是很久以前的事了。五十幾歲的時候，因腦中風暈倒後，出現奇怪的症狀，他總是感到左側腰部有另一隻手臂在動。這種幻覺持續兩週左右。但老人透過復健治療消除了這種感覺，之後偶爾才會覺得長出手臂的地方有點癢而已。此外，雖然在文獻中也發現一些案例，但像蘿拉這類覺得存在多肢的情況十分罕見。很多人的情況與老人相似，只表現為腦病變的併發症，並沒有像蘿拉一樣確切地感受到手臂的存在。在其他功能障礙治癒後，幻肢症狀便隨之消失。

珍還發現十年前利用功能性磁振造影（fMRI）研究幻想多肢現象的論文，但聯絡到的學者表示，無法提供患者的個資，且之後並沒有再發現新的案例。唯一一位願意接受採訪的研究員也對實驗結果抱持懷疑的態度：

「我的確有參與研究，負責的工作是圖像分析。但那次之後，再也沒有見過相同症狀的患者。在科學研究中，偶爾會遇到只能觀測到一次的情況，這種特有的現象之後沒有再出現過。我覺得可以把這種情況看作是大自然暫時性的誤差……請問您是遇到什麼特別的案例嗎？」

珍動搖了，他覺得研究員或許可以針對蘿拉的情況，提供可行性的說明。但珍保持沉默，沒有說出蘿拉最終將幻肢變成現實的事。

珍經常會思考蘿拉提到的比喻。

「設計師把我這一生要住的房屋設計藍圖交給我，告訴我，這是你的家。明明藍圖上畫著一間很大的房間，寬敞的窗戶，採光也良好。在一側放置書櫃的話，就可以裝飾成書房。但現實中我怎麼樣也找不到那個大房間，有的只是又小又窄的客廳。交給我藍圖的設計師嘲笑我說，妳再仔細找找，房間明明就在那裡。他是在嘲笑我嗎？還是我的幻覺呢？日子一天天過去，想要找到那個房間的欲望變得越來越強烈。難道是因為我被矇住雙眼，所以才遍尋不著？是我有問題，還是這個家有問題，再不然是我收到的那張藍圖有問題？」

珍意識到，蘿拉常常會因為沒有人真正理解自己而感到憂傷。如果只有一個人可以理解蘿拉的話，珍很想成為那一個人。在撰寫《錯誤的地圖》的過程中，珍至少用大腦去理解蘿拉體驗的現象和身體所感受到的不適。但這不過就像背教科書裡的特定詩句、機械式地運用數學公式罷了，根本不可能達到徹底的理解。

「珍，想到你做的這一切，我既高興又難過。我知道，人們為了想要理解他人而寫作、閱讀書籍、努力想像，但卻很少有人會像你這樣，為了完成一本書走遍全世界。」

蘿拉笑著說：

「但有一點必須明確指出，你走遍全世界，不是為了我，而是為了你自己。」

H在第二封回信中提到，閱讀到的故事是珍就讀大學時，投稿給雜誌的隨筆。珍這才想起當時撰寫的內容，那不過是一篇很輕鬆的戀愛隨筆，字裡行間充滿了對總是疏忽大意的蘿拉的愛意和擔憂。珍記得，當時給蘿拉看那篇文章時，蘿拉還笑著說：「你怎麼連這些都寫啊。」假如那時的自己知曉蘿拉的一舉一動都是源於身體的不適感，他還會覺得那樣的她很可愛嗎？

　現在，我想提一下寫這封信的真正原因。珍，我也和你一樣。一個和我很親近的人也想改變自己的身體，無論在誰眼中，這都將是一個可怕的結果。我很不安，也很害怕。我害怕失去他，但比起失去他，我更擔心未來不能理解他。我害怕因為不能理解，最終會不再愛他。

那個人可能是H的愛人，也可能是家人。H感到很混亂，因為不知道是否能繼續去愛那位即將改變身體的人。覺得對方改變的身體很可怕，是情有可原的事情嗎？自己又要如何接受那種變化呢？

但是你也明白，我們不可能說服他們，也不可能理解他們。我們只能……只能等待，等待即將發生的變化。

如果是這樣，我們究竟可以做些什麼？

珍能夠理解H感受到的茫然和混亂。幾年的時間過去，至今珍看到蘿拉的第三隻手臂時，還是會感到陌生和痛苦。

如果蘿拉能夠靈活地使用第三隻手臂，又能改變什麼呢？蘿拉沒有適應第三隻手臂。第三隻手臂與右肩膀的肌肉和神經相連，但蘿拉卻無法靈活操控它。不知道是因為安裝在人體根本無法控制的部位，抑或是後天連結的關係。

覆蓋在神經連接部位的人工皮膚也總是流出膿水，還留下不堪入目的傷疤。由於經常擦拭膿水，一半的人工皮膚也脫落了。蘿拉很不滿意機器手臂的外觀。因為第三隻手臂很重，會讓她經常失去平衡，發炎症狀也讓她吃盡不少苦頭，就連原來的手臂功能也下降了。醫生建議蘿拉，最好拆除機器手臂。

但蘿拉沒有聽取醫生的建議，她堅持要保留第三隻手臂繼續生活，認為這是最現實的選擇。

對蘿拉而言，第三隻手臂非但沒有增強身體，反倒損害身體，但她還是選擇擁有這種缺陷。珍之所以踏上漫長的旅途，就是為了去理解那些自願選擇缺陷的人們。

珍喝了一口冷掉的咖啡，繼續寫起郵件。

H，我不知道是否能提供幫助。也許無論我說什麼，你還是會去嘗試說服那個人，然而他依然會做出自己的決定。之後你仍舊會感到混亂，進而得出某種特定的結論。但我想說的是，真的沒有必要那麼做。

其實，我和你一樣，依然感到十分混亂，也覺得這種混亂未來不會消失。漫長的旅行結束後，過了很長一段時間，我才明白答案不存在於任何地方。收到你的第一封來信後，我覺得應該去見見蘿拉。

昨日，幾乎時隔兩個月，我們才又見面。自從蘿拉移植機器手臂以後，我們分分合合，過程重複很多次。我不想說這一切都是因為蘿拉的手臂，那隻手臂不過是證明我們之間存在著絕不可能縮短距離的證據罷了。

聽到我說，我迫不及待想見妳時，蘿拉笑著回答，我就知道，然後她用第三隻手臂緊緊地擁抱了我。

那隻手臂依舊又冰又硬，還散發著非常刺鼻的汽油味。由於蘿拉無法控制那隻手臂，它會刺痛我的肩膀，暴露在空氣中的人工肌肉還觸碰到我的臉頰。那是無論體驗多少次也無法適應的觸感。蘿拉明知道我不會舒服，但每次擁抱的時候，她還是會故意用上第三隻手臂。這次也一樣。

我們四目相對時，蘿拉用她調皮的表情咧嘴一笑。那一瞬間，我意識到自己依然深愛著她。與此同時，也領悟到，未來，也許永遠，我都不可能理解她。

但是，領悟這些時，我的心情並不糟糕。

我想對你而言，也有什麼是依舊愛著，但始終無法理解的。

寫下最後一句話時，門鈴響了。

珍透過薄薄的窗簾，看到了陽光與搖擺不定的身影。窗外，一個人背對著夏日的庭院站在門口。從右肩膀延伸出的機器手臂、不自然的動作和歪斜的身影，耀眼的陽光灑落在銀色的手臂之上。

珍始終無法理解的蘿拉就站在那裡。

息影

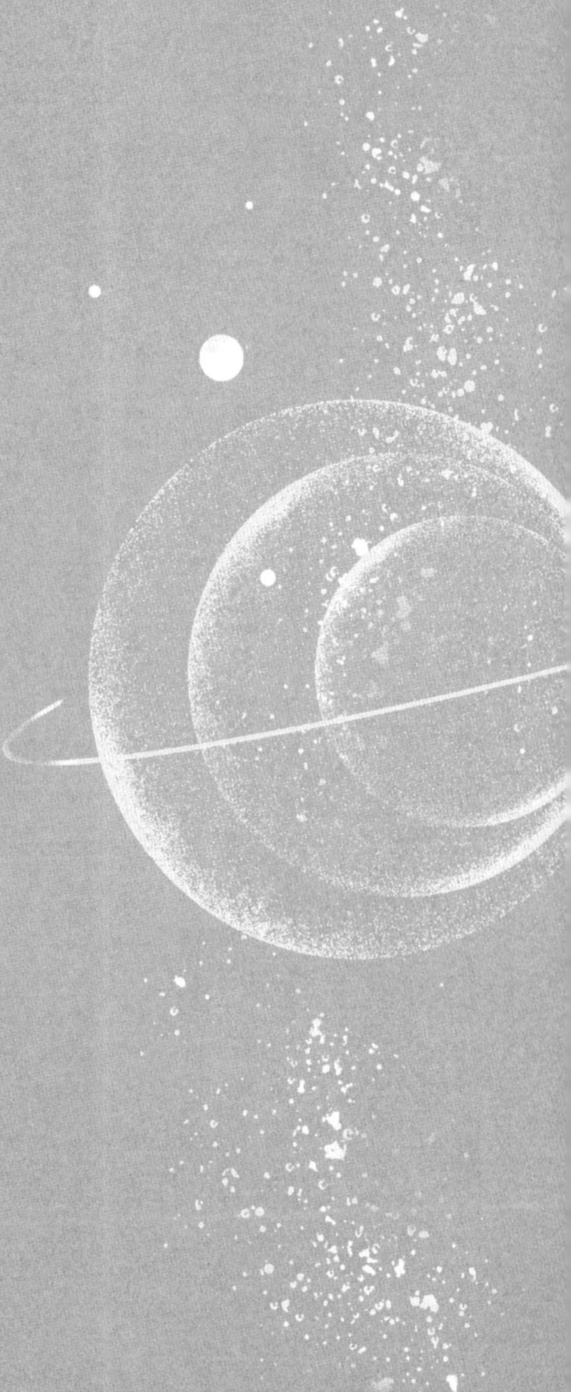

那天早上，端喜感受到熙熙攘攘的粒子。那是與以往不同的喧鬧。雖然有時整棟宿舍充斥著說話聲，但很少會像此刻這般飄進房間裡。一定是發生了什麼事。端喜趕緊穿好衣服，打開房門，卻沒有看到平時這時間躺在床上的喬安。

來到走廊，原本模糊不清的粒子的意義逐漸變得清晰。有的粒子來自遠方，有的粒子則來自附近，它們匯聚成一句話：「有人即將離開，而且是去很遠的地方。」當端喜讀到這句話時，心情變得沉重。這是預料之中的事，是在腦海中想像過無數次的事，只是現在發生了，但端喜沒有料想這一天會來得如此飛快。

走下樓梯，仰望上方挑高的大廳，在深綠色的天花板下方，通往工作區的大門附近聚集許多人。人們的視線固定在公告欄上，雖然擁擠的人群擋住公告欄以致看不到上頭寫著什麼，但端喜憑藉飄浮空氣中的粒子猜到發生的事。她還是想親眼確認一下。

〔借過一下。〕

端喜穿過人群，來到公告欄前。

先前的公告亂七八糟地張貼在公告欄上，一張嶄新的公告映入眼簾。那是探索隊的選拔名單。

名單上的第一個名字就是喬安。

〈妳沒事吧？〉

端喜轉過頭，發現了友娜。

端喜難掩僵硬的神情，友娜投來理解的目光。圍在公告欄前的人們瞥了一眼端喜。端喜能感受到夾雜在空氣中粒子的意思，人們不光討論喬安，也在紛紛議論她。剛睡醒的頭腦還不夠靈活，漸漸清醒過來後，端喜才意識到發生的事。

喬安要去一個有去無返的地方。

這是喬安自己做出的決定。

有人拍了端喜的肩膀指指後方。端喜仰望樓梯，只見喬安正快步沿著通往中央樓梯的走廊走來。喬安的身高遠遠高出其他人，加上紅潤皮膚，一頭淡褐色頭髮，所以即使相距遙遠也能一眼認出。端喜與喬安四目相接時，喬安放緩了腳步但隨即移開視線，再次加快速度。喬安像往常般纏繞圍巾遮住口鼻。喬安的態度非常明確，無論誰說什麼都不可能改變她的心意。

端喜待心情恢復平靜後，心想：

好吧，妳一定會非常忙碌的，因為妳要去遙遠的宇宙。

居住在息影的地下人用呼吸解讀意義。即使空氣中只有八個粒子，大家也能識別出意義。棲息在地下人腦室中的微生物基因體透過學習、合成以及與認知系統的相互作用組合成意義粒子。

這些分子運載意義飄浮在空氣中，進入地下人呼吸器中的粒子會與嗅覺受體結合，嗅覺受體進而放大其意義。分子不會比喻且直接，每個分子根據自身具備的作用基和結構被意義化。隨著時間的推移，意義粒子相繼會分解、變形，並透過化學反應形成一張意義網。

端喜從小便被這些含有意義的粒子所吸引，她認為在這個所有事物靜止的地下世界裡，唯有不斷擴散、蔓延的語言才是最美好的。

最初粒子顯現意義的那瞬間，仍讓端喜記憶猶新。

〔媽媽〕〔姊妹〕〔娃娃〕〔水〕〔走路〕〔對不起〕〔謝謝〕

這些語言飄浮在空氣中，有的粒子拂過臉頰，有的粒子掛在睫毛上。輕吹一口氣時，它們還會從一端飄移到另一端。

漸漸地，端喜掌握了更為抽象且非日常的意義。

〔氣息〕〔呼吸〕〔粒子〕〔合成〕〔震動〕〔衝突〕〔相互作用〕

當空氣中布滿〔愛〕的粒子的時候，端喜最為開心。她覺得〔草〕和〔刺〕的粒子感覺相似，彷彿粒子會變尖，扎到鼻子。最初感受到代表地下世界的「息影」粒子時，端喜想像的是呼吸時吸入的意義的影子。但她覺得與地下世界的現實相比，這個詞太過美好。那時端喜的房間裡總是充斥著剛學到的意義，大人們會斥責她太過吵鬧。儘管如此，端喜還是非常喜歡整日想像那些以不規則的碰撞，隨著風和溫度，以及呼吸飄浮、擴散開來的語言。

十六歲那年，端喜成為語意合成研究所的助理研究員。雖然之前也有學生成為助理研究員，但端喜卻是這些人當中年紀最小的。家人都為端喜感到開心，這件事也一度成為息影的熱門話題。

朋友們聞風趕來，但沒等慶祝結束，大家就竊竊私語議論起其他事。

〔那妳去看看研究所是不是真的在養怪物吧。〕

〔怪物？〕

〔最近不是有傳聞說，研究所的最底層囚禁著怪物嘛。〕

﹁嗯，我也聽說了。我叔叔也說去研究所送文件時，越往下走越能感受到奇怪的震動……﹂

從一個月前開始，便有人感受到研究所方向傳來的異常振動，人們紛紛議論稱研究所流竄出令人不適的粒子，特別是在地下最深層的基因保管所附近。有人說，研究員們透過復原古代基因，製造出猛獸。還有人說，他們利用多種物種合成嵌合體。端喜也聽說過這些傳聞，卻沒有放在心上。研究員們為什麼要製造危險的怪物呢？沒有比息影這個封閉的空間更適合編造詭異的傳聞了。

上班第一天，端喜滿懷激動和緊張參半的心情來到研究室。她沒有理睬那些傳聞，而是擔心從今天起就要負責的瑣碎工作。就算是瑣碎的工作，也是正式的研究活動。端喜比預定的時間提早抵達研究室，看到研究室暗燈，不禁感到有些驚訝。昏暗的走廊裡只開著緊急照明燈，端喜坐在走廊椅上等待了半天。有人從走廊的盡頭走來，一位年輕的研究員看到端喜，以似笑非笑的表情跟她打了聲招呼。

﹁我是日後負責帶妳的友娜。﹂

友娜接下來說出完全意料之外的話。

﹁這該如何是好，語意合成研究室暫時停止營運了。﹂

﹁嗯？﹂

﹁因為一個重要的項目，大家都去支援了。現在人手不夠，我也沒時間教妳。前輩們說，打算兩個月後再重啟語意合成研究室。﹂

﹁那我是要回家嗎？﹂

﹁這個嘛，妳也感興趣嗎？﹂

﹁嗯？﹂

﹁我是說，那個重要的項目。﹂

聽到友娜的話，端喜露出一頭霧水的表情。總得先知道是什麼項目，才能回答感不感興趣吧？但友娜的語氣聽起來好像是個十分有趣的提議，於是端喜點了點頭。

﹁是什麼項目呢？﹂

﹁如果感興趣的話，那就跟我去基因保管所吧。﹂

聽到基因保管所，端喜心中一驚，這才想起朋友們議論關於怪物的傳聞。難道說那不是傳聞？最底層真的有怪物嗎？

﹁啊，那個……﹂

友娜見端喜猶豫不決，招了招手，示意她快點跟上。還沒搞清楚是什麼情況，就這般跟過去不會有事嗎？端喜遲疑了一下，問道。

﹁那裡，那裡真的有怪物嗎？﹂

友娜先是莫名其妙地瞪大雙眼，隨即笑出聲。

﹁有人這麼說啦，但妳親眼瞧瞧就知道了。﹂

沿著一圈圈旋轉的昏暗樓梯走了許久，接著穿過走廊、緊急出口和連接另一棟建築的通道，之後又經過幾道門。無論最底層有什麼，顯然研究所不希望有人輕易接近這裡。隨著目的地漸漸接近，友娜小心翼翼地放慢腳步，似乎不想發出任何的震動。

﹁一定要保守祕密喔。﹂

端喜屏住呼吸，緊跟在友娜身後。她們來到掛有基因保管所門牌的門前，友娜沒有推門，而是把保安卡貼置牆上。待出現微弱的震動後，一側原以為是牆的地方，突然出現一扇門。友娜推開那扇門，一條雪白且明亮的走廊出現在眼前。走廊非常狹窄，兩側各有幾扇緊閉的房門。

走廊的盡頭，玻璃牆內有一隻「怪物」。

有別於傳聞，怪物既沒有翅膀，也沒有犄角，而是有著與人類相似的外型。準確來說……怪物看起來就像與端喜同齡的少女。少女精疲力竭地坐在隔離室角落的椅子上，她彷彿正睡著。走近玻璃牆細看，少女與普通人的外貌略顯不同，她的皮膚非常紅潤，髮絲也異常閃亮。

由於隔離室徹底密閉，所有粒子都被隔擋在玻璃牆之外。端喜站在玻璃牆前，面對熟睡的少女油然升起一陣既視感。明明在哪裡見過這樣的人，是在哪呢？

〔那個孩子……〕

想起來了。那是現在只存在於照片和影像資料中的人類。

〔是原型人類的樣子啊。〕

〔沒錯。〕

友娜邊點頭邊說。

〔「喬安」來自過去。〕

探索隊在冰層下發現了喬安和一艘墜毀的太空船。

幾個月前，遠赴極地勘探的探索隊看到慘烈的事故現場時，發現冰層下幾百個處在凍眠狀態的太空艙。雖然太空艙凍得非常堅實，但可能是墜落時的衝擊過大，艙內的人都受到了嚴重的損傷。探索隊沒有把太空艙帶回基地，而是又都埋回冰層下。

只有一個完好無損的太空艙。太空艙表面刻有過去使用的共通語言，由此可以初步推測艙內少女的名字是「Joan」。但因為時間久遠，字跡十分模糊，所以難以確定原本的字跡也有可能是「Joanna」，或是「Jane」。

基地於是展開祕密研究，研究員們得出結論，該事故至少發生在數百年前，羅難的都是從地球出發，準備前往其他星球的原型人類。他們原本的目的地很有可能不是這裡。在現場採集的DNA中，沒有發現喬安的家人，被埋在冰下的人們似乎沒有任何血緣關係。學者透過追降時使用的逃生艙和黑盒子逆向追蹤事故原因，最後得出的初步結論，墜毀的太空船很有可能是其中一艘載有成千上萬人進行宇宙大規模移居的太空船。

有學者反對救活喬安，認為救活一個幾百年前的人對基地毫無幫助。如果原型人類存活的消息傳出去的話，反而會給地下世界帶來混亂。不僅如此，喬安的存在還暗示：外界存在尋找其他星球移居的太空船，以及在這個星球的有毒大氣層之外，很有可能存在著另一個人類的居住基地。雖然這可視為一種希望，但沒有必要草率地公諸於世。

研究員們一致同意對外隱瞞喬安的事，甚至還找到將喬安隔離的名義。

﹁為了保護喬安，必須徹底隔離她，我們對話時使用的粒子不知道會對她產生何種影響。原型人類的嗅覺受體不如我們發達，也沒有棲息在腦室的微生物基因體。某些粒子很有可能會對她誘發神經毒素的作用。﹂

據見過甦醒後的喬安的歷史學家所說，喬安能夠使用過去的共通語言。甦醒後的喬安感到十分混亂，結結巴巴地用共通語言詢問自己身在何處。學者們看到喬安透過有聲語言說話，於是從幾百年前的數據庫中重塑共通語言，製造出一個雙語翻譯器。研究員利用翻譯器向喬安簡單地說明情況後，喬安反倒像聽不懂話似地閉口不語。

也許是知曉了這件事的關係，端喜在隔離室門外總是能感受到一股微弱的感情餘溫。在息影出生的人，無論是誰，從小就要學習嚴格地控制粒子，但端喜卻在門外留下悲傷和恐懼的粒子。

第二天和第三天，端喜也去到隔離室所在的走廊。走進燈光耀眼的研究室，就能透過玻璃牆看到熟睡的喬安。研究員們不是在觀察沉睡的喬安，就是在分析從她身上採集的物質。端喜心裡很不舒服，感覺既無法直視關在隔離室裡的喬安，也無法面對把喬安當作實驗體的研究員們。端喜莫名地覺得一定是哪裡出了問題。

端喜準備告訴友娜，在語意合成研究室重新啟動前，不打算再到這來。她覺得這裡沒有自己能做的事，也不想參與這項研究。但就在那天，喬安有別於往常正處於醒著的狀態。

端喜走到玻璃牆前，喬安的視線跟隨著端喜。友娜說。

〔她好像對妳很感興趣。〕

好像真的是這樣。喬安直到剛才還對研究員們的問話無動於衷，但看到端喜走近的瞬間，視線就鎖定在她身上。

〔妳跟她說句話吧。〕

有人勸說道。端喜猶豫片刻，覺得這就像跟關在實驗室裡的動物講話一樣，但她還是隔著玻璃牆面對喬安坐了下來。一對色素淡淡的瞳孔盯著端喜眨了眨眼，交頭接耳的研究員們看到這一幕立刻安靜下來。有別於蒼白的地下人，端喜看到的喬安面帶血色，她有著淡粉色的肌膚和茶棕色的頭髮。昨天還像野獸一樣蓬亂的頭髮，現在已經乾淨俐落地綁好。喬安瞇著眼睛，就像端喜觀察自己般，同時觀察著端喜。

端喜打破尷尬的沉默。

〔你好。〕

〔對了，跟喬安講話，要使用翻譯器。〕

研究員這才想起來，趕快取來翻譯器。只見粗製拼裝的翻譯器有很多零件暴露在外，最後的處理也做得很馬虎。研究員把翻譯器戴在端喜手腕的分泌腺附近。

〔怎麼使用？〕

端喜的話音剛落，立刻感受到一股奇怪的震動。端喜嚇了一跳，正要摘下手腕上的翻譯器，研究員把手放在她的肩膀上說。

〔妳只要講話，隔離室裡就會播放原型人類的語言。翻譯器還需要改進，所以目前無法翻譯太複雜的話語。〕

玻璃牆裡面也可以看到一台帶有紅色顯示燈的小型機器。端喜深深地吸氣，再次開口說道。

〔你好，喬安。〕

端喜的粒子透過機器發出聲音。

「你好，喬安。」

隔離室裡的機器也發出同樣的聲音。端喜嚇得身體一抖。這是她第一次聽到原型人類的有聲語言。

〔我想跟妳聊聊。〕

這次也聽到了聲音。雖然喬安的視線始終落在端喜身上，但仍舊一聲不吭。過了許久，再次嘗試溝通，仍是相同的反應。喬安緊閉雙唇直視端喜，似乎一句話也不想說。

端喜歪著頭問友娜。

〔這個翻譯器有正常運作嗎？〕

〔喬安身上的腦波感應器顯示，她能理解翻譯器播放的有聲語言。最初，她還和歷史學家簡單地交流了幾句呢。她現在是不想講話，根本不想跟我們交流。〕

聽取友娜的說明後，端喜仔細觀察喬安。端喜突然意識到，雖然隔離室很乾淨，但除了一張床和衣服以外，裡面沒有喬安需要的任何東西。

那天的對話一無所獲，但喬安做出的反應引發了研究員們的興致。自從喬安甦醒以後，已經沉默將近一個月，所以研究員認為喬安對端喜做出的反應可說是別具意義。研究員請端喜明天也過來，她糊里糊塗地點頭答應。

隔天也是同樣的沉默。

研究員們表示不會妨礙她們對話，轉身離開。隔著玻璃牆只剩下端喜和喬安兩個人，尷尬的氣氛令人感到渾身不自在。喬安仍舊默默地觀察著端喜。

端喜回想起之前學習到關於原型人類的知識。雖然過去對於居住在息影的地下人而言並不重要，但孩子們多少還是知道一些關於曾經生活過的地球，以及為躲避滅亡而散落在宇宙各處的原型人類的事。居住在息影的地下人也是原型人類的後代，但大家都覺得過去更像是一種神話，一種既久遠又茫然的神話。端喜從沒見過星光閃耀的宇宙，因為息影是一個深埋地下且封閉的空間。在這個星球上，宇宙一直被強烈的沙塵暴和充滿有毒氣體的大氣層遮擋屏蔽。

面前的喬安就是過去的人類，她來自於大氣層之外的世界。

〔妳有見過宇宙囉？〕

為了打破尷尬，端喜只好隨便找一個話題。眼下無法判斷翻譯器是否有正常運作，但也只能靠它了。

〔地球怎麼樣了？我們已經離開地球很久，沒有人記得那裡了。〕

喬安的眉毛微微動了動，但仍看不出她在想什麼。如果原型人類和地下人的感情表達方式相同，那麼此刻的喬安應該是正故意隱藏表情。

〔有關妳經歷的事……我覺得很遺憾。〕

端喜處於近似放棄的狀態繼續說道。

〔我的母親也很早就過世了。她在外面探查的時候，被有毒風暴捲走了。這些年來，大人們都很照顧我，我在這裡過得很開心。〕

奇怪的是，喬安那雙淡淡的眼睛誘導端喜講出更多的話。

﹁這裡也不錯啦。沒有人會傷害妳。在這個星球上，這裡是最安全的地方。也許妳可以在這裡……﹂

端喜想說的是，也許喬安可以在這裡定居。但她突然覺得這對喬安可能毫無意義，所以閉上了嘴。喬安仍舊默不作聲。

見喬安始終不肯開口，從研究室門上的小窗戶觀察情況的研究員們又推門走進來。雖然大家沒有直接聽到剛才的對話，但根據殘留在空氣中的粒子大致能推測出端喜說了什麼。端喜感到很難為情，說了很私人和沒有必要講的話，卻沒能讓喬安做出反應。

研究員穿上滅菌防護服走進隔離室，在喬安的手臂上採血，再用攜帶式掃描器掃描喬安的身體。雖然研究員說這麼做是為了確認喬安的健康狀況，但在一旁觀察的端喜卻覺得他們的一舉一動就只是把喬安當成實驗動物。在隔離室外面的工作台前，一名研究員正在分析金屬零件，那可能是喬安乘坐的太空船殘骸。

研究員走出研究室時，端喜鼓起勇氣對喬安說了最後一句話。

﹝那個，我覺得妳一定很不舒服，他們就像對待燒杯裡的實驗物質般對待妳。但我沒有這樣打算。我可以理解妳為什麼不願意講話，但如果妳有想說的話，最好還是說出來。我能幫上忙的，一定回答妳。﹞

喬安還是沒有反應，她似乎對端喜失去了興趣，好像非常疲累。難道喬安表現出來的好奇不過是一場誤會？喬安看上去什麼都不想說，可能真的沒有任何想法。片刻的沉默過後，端喜從椅子上站起。

這時，喬安拿起翻譯器。

端喜站在原地，喬安盯著手中的翻譯器。端喜在等喬安講話，她可以感受到外面的研究員們也都在注視著她們。

喬安開口說：

「為什麼要救我？」

端喜看著翻譯器畫面閃現的句子，開闔幾下嘴唇，但話到嘴邊又嚥下。

端喜無法回答這個問題。那天晚上，端喜徹夜未眠，一直在想喬安。那個孩子在一直亮燈的隔離室裡想著什麼呢？幾百年前，地球人躺進冬眠艙時，深深相信即將前往一個比迎來末日的地球更好的星球。然而喬安卻在幾百年後的今天獨自醒來，並且失去所有認識的人。雖然息影的人與喬安外貌相同，卻已經進化成其他物種，溝通方式也大相逕庭，可說徹底變成另一種人類。

救活喬安，真的是為了她好嗎？雖然大家都認為是從死亡中救出喬安，但喬安的人生說不定在幾百年前就已經結束了。對喬安而言，這裡就是死後的世界，她冷漠且漠不關心的態度，似乎希望快點從這個無聊的夢境中醒來。

隔天，端喜和友娜出現在基因保管所門前時，研究員們理所當然地把翻譯器遞了過來，但端喜搖搖頭。

〔我有一個條件。〕

端喜堅定地說。

〔不能一直把喬安關在隔離室裡。〕

研究員們一臉驚慌，難以掩飾的不悅之情飄浮在空氣中。端喜接著說道。

「是你們擅自作主救活她，所以應該讓她在這自由地生活。我可以幫你們從喬安身上蒐集資訊。」

研究員們面露難色，但經過討論，最後還是得出讓喬安融入地下人平凡生活的結論。反正以現在的狀態，喬安只會緘口不言，研究員們根本無法達成從她口中獲得關於原型人類資訊的目的。端喜以定期匯報喬安的情況為條件，換取了喬安自由。

那天，友娜和端喜走出研究室時說。

「做得好，是妳救了那個孩子。」

端喜意識到，大人們會像對待研究資源一樣對待喬安，最終讓她自生自滅。雖然大人們口口聲聲說是為了拯救生命，但事實上喬安的處境就和那些太空船的殘骸一樣。端喜後知後覺，原來身為實習研究員的友娜把自己帶到祕密研究現場是為了阻止那些人的殘酷行徑。

隔離室的怪物其實就是冬眠了幾百年的原型人類，消息很快傳遍整個地下世界。比起怪物，人們似乎更容易接受來自過去的原型人類。端喜故意帶著喬安到處走動遊逛，她以讓喬安熟悉息影的地形為由，不僅到學校和生活區，更去平時自己也不會去的地熱電廠和礦山附近。

雖然讓地下人在短時間內認識喬安，卻也帶來反效果。對長期以來被孤立的共同體而言，外部人其實就和怪物一樣令人感到陌生和恐懼。所到之處，人們的視線緊緊跟隨喬安，大家並沒有因為外型相似而放鬆警惕。

喬安睡在端喜宿舍的空床。原本學校安排兩個學生住一個房間，但因為端喜對粒子過於敏感，經常換室友，所以空出一張床。喬安除了偶爾會下意識地流露感情外，並不會釋放任何粒子，所以很適合和端喜同住。地下人會因為喬安散發出的不同體味而感到困惑，但因為體味帶有一致性，端喜只把它視為令人舒服的背景粒子。最重要的是，端喜不放心讓喬安獨處，更不希望她和別人住在一起。端喜明白在息影的地下人眼中，突然出現的喬安就是一個不知何時會變成怪物的存在。

端喜看到喬安穿著不合身的衣服，噗哧笑出來。雖然喬安和端喜的身體年齡相同，但身高和體型卻更高、更壯，除了寬鬆的長袍外，沒有一件她能穿下的衣服。端喜還找來幾條圍巾，讓喬安摀遮鼻子和嘴。研究員擔心地下世界的粒子會對喬安引起毒素反應，於是送來做工粗糙的防毒面具。但戴著這種防毒面具別說適應息影的生活，所到之處定會被眾人指指點點。端喜看到喬安在房間裡待了幾天也沒事後，判斷只要在經過高濃度粒子的地方再用圍巾遮住鼻嘴即可。喬安也覺得成天裹著圍巾很不舒服，一進屋就把圍巾直扔在床上。

坐在對面床上的端喜問道。

「還好嗎？在這裡悶不悶？妳在外面生活過，住在這裡一定很不習慣吧？這裡沒有天空，但我們都習以為常了。」

喬安眨眨眼，把耳朵貼在翻譯器上，稍後回答說：

「是啊，這裡沒有天空。」

喬安沉思片刻後，喃喃道：

「但這裡比那個詭異的房間好多了……關在那裡的感覺就像水族館裡的海豚。原來被抓去做實驗的動物是這樣的感受啊。我甚至困惑為什麼要救我，不如讓我凍死罷了。」

端喜目不轉睛地盯著翻譯器的畫面，覺得錯過許多喬安說話的內容。比如，水族館的海豚。雖然喬安的話透過共通語言數據庫的資料轉換成文字語言，但在端喜使用的粒子語言中卻找不到「海豚」一詞。看來還需要許多能翻譯喬安的話語的新意義。自從喬安離開隔離室後，漸漸開口說話了。雖然喬安對新環境和端喜總是充滿警惕，但偶爾還是能從喬安的一舉一動推斷，她過去應該是一位非常開朗的人。

端喜堅持必須讓喬安和自己一同上課。幾百年前地球的常識在此處根本無用，喬安需要學習息影的生活。學校的老師雖不情願，但也認同堅持此點的端喜。沒過幾天，喬安就喪失了學習的意志。因為要想聽懂老師講述的那些枯燥無味的內容，就必須集中注意力去聽取翻譯器轉換出來、支離破碎的句子。若能引發興致學習才奇怪吧？老師會藉故對上課打瞌睡的喬安提問，但透過翻譯器翻譯的回答根本無人能懂。比如，蘋果碎片不同。諸如此類的回答也讓師長們感到為難。

儘管如此，端喜還是帶喬安去學校。無論哪裡，都比囚禁喬安的隔離室好。暫時關門的語意合成研究室重新營運，中午端喜下課後，會去研究室上班，喬安則要留在學校繼續聽下午的課。端喜在研修室學習組成意義的基本單位分子、識別該分子嗅覺受體的組合原理，以及組合官能基和利用混合多個單位分子創造新意義的方法。過了一段時間之後，端喜還掌握到分子如何擴散、變質和分解，以及語言網如何捕獲其變化的原理。空閒時，端喜還會思考如何利用粒子組合出粒子語言中尚不存在的、喬安使用的，那些來自地球的語言。

晚上喬安可以自由行動。有時喬安和端喜哪也不去，躺在各自的床上安靜地思考。每逢週末，她們會結伴在息影散步。即便端喜在息影出生長大，仍有很多她不熟悉的地方。喬安不僅充滿旺盛的好奇心，膽子也特別大，她無所畏懼地打開走廊裡那些連端喜也不敢碰觸的門，然後探索新的通道。那些狹窄的通道設有軌道，似乎是為了運輸貨物而修建，連接各分隔區域的捷徑，但現已荒廢不再使用。

研究員經常來找端喜，詢問蒐集原型人類相關資訊的進展情況。有時，研究員也婉轉地關心喬安是否適應了息影的生活，但端喜總覺得他們在暗中施壓。在這麼小的地方，喬安的一舉一動很快就會傳開，幾乎無人不曉得喬安過得如何。每當此時，端喜便會敷衍幾句。畢竟喬安尚未徹底地對端喜敞開心扉是理所當然的事，而端喜也擔心太快將獲得的資訊告知研究員，不曉得他們接下來又會對喬安做出什麼舉動。

有一天，喬安一臉興奮地走進房間。端喜詫異地看著她，喬安猶豫片刻，隨即露出調皮的笑容。

「我發現一個很有趣的地方，可能連妳也不知道。」

「還有那種地方？我可是這土生土長的。」

端喜不相信，但還是跟著喬安前去。喬安走進先前和端喜一起找到的連接生活區與工作區的輸送通道，走到一半時突然停下，隨即取出手電筒照向牆壁。喬安摸著牆壁拂去泥塵後，看到一個生鏽的門把手。端喜有些害怕，但還是跟隨喬安走進那扇圓型的門，圓門連通的是一圈圈旋轉、不見盡頭的樓梯。

〔這樓梯該不會通往地面吧？不能再上去了。〕

喬安聽到翻譯器發出的聲音，問道：

「為什麼？」

〔去地上會死的，我們一刻也撐不住的。〕

喬安皺了一下眉頭，但沒有停止走上樓梯的腳步。端喜很想立刻返回，但又對上面的世界很好奇。喬安發現的是一年當中除了無雲的那幾日外，地下人絕對不會涉足的地方。因為對地上充滿了恐懼，端喜也沒來過。端喜心想，應該只是接近地面而已吧，喬安不會沒有任何準備就帶自己出去的。

樓梯的盡頭出現一個巨大的鐵門。喬安打開鐵門的瞬間，端喜屏住呼吸，差點去抓喬安的手。刺眼的光線照進來，但鐵門的另一頭依然是封閉的空間。端喜瞇著眼睛，用手遮擋光線環視四周，只見眼前出現一扇從天花板傾斜而下的玻璃窗。玻璃窗無法打開，因為窗框全部經過金屬密封。

「為什麼會有這種地方呢？」

喬安觸摸玻璃窗。這個空間又狹窄又低矮，根本直不起腰。端喜緊挨喬安坐下，透過傾斜的玻璃窗可以看到一片深黃色的雲朵。

「妳對光線敏感？我沒想到這點。」

喬安端詳著仍在勉強睜開眼睛的端喜說。

玻璃窗的一半埋在沙裡，雖然不是地上，但這裡似乎是為了觀察地上情況而建的半地下空間。從生鏽的鐵門推測，已經很久沒有人上來過。黃色的雲朵時而聚集，時而開散，大風捲起沙塵吹拂時，地上的光景瞬間映入眼簾。

一望無盡的沙漠，寸草不生且沒有任何生命體的荒涼景象頓時展現在眼前。

「你們為什麼會在這種地方扎根呢？」

喬安問道。端喜想了想回答。

「據說除了這片沙漠，其他的地方總是降下毒雨。這個星球只有地下適合居住。

雖然現在風勢趨緩，但這種沙塵風暴一吹就是好幾小時，且大多時候都是強勁大風。那些去開拓地上世界的人都被沙塵暴給捲走了。」

端喜伸手摸了摸玻璃窗，沒有任何縫隙，密封得非常嚴實。

「地球是個怎麼樣的地方？」

喬安指了指窗外。

「現在可能和外面差不多吧。我離開地球以前，還有一些沒被汙染的森林和海洋。我住的地方還有最後一頭大象存活。那頭大象原本生活在其他地方，為了保護牠，才將牠遷過來。我們都很疼愛牠，但卻沒法讓牠上太空船。」

喬安在說這番話時，端喜感受到一股只有歷經漫長歲月的人才有的淒涼。當然，如果從喬安出生算起，她的確比端喜的奶奶的奶奶還要年長。但喬安性格開朗，一點也不像從遙遠過去來的人，反而是息影的長輩們更讓人感到古板。端喜私想，喬安的性格可能與成長環境和體驗過廣闊無邊的世界息息相關。

「對不起。救活妳。雖然不是我救的，但讓妳生活在這種地方……」

「妳在說什麼呢？」

喬安用淡褐色的眼睛看著端喜。端喜低頭看了一眼翻譯器，她突然意識到，即使翻譯器正運作，誰也無法保證它的翻譯全都正確。

〔妳來自比這裡更廣闊的世界，這裡不是妳的目的地。息影這麼小、這麼憋悶，封閉得密密實實的……〕

喬安聽懂端喜的話，嘻嘻地笑了。

「是啊，我的確不會說這裡有多好。」

端喜點點頭。就連在息影出生長大的她有時也覺得這裡跟監獄一樣，更何況是從外太空來的喬安呢。

「我也說不出感謝你們拯救我之類的話，那些人肯定想從我身上獲得什麼才喚醒我，所以我也得付出代價。」

端喜略顯悲傷地看著喬安。喬安的目光短暫停留在端喜身上，隨即轉向了別處。

放鬆下來的喬安靠在牆上說：

「但像現在這樣和妳在一起也不錯。那個……我一點也不討厭這樣。」

端喜轉頭看向窗外，心跳莫名地加快了。

有時端喜和喬安會在無人涉足的地方一直待到天亮。

兩個人的對話總是存在時間差。端喜要等很久，不斷重複相同的話，有時即使是相同的話也會被翻譯成不同的意思，或是把她想要表達的內容縮減成簡單的一句話。喬安也是如此。但兩人還是盡可能的、長時間的、慢慢地交談著。

喬安講述自己生活過的地球和離開地球前所發生的事。喬安說，人們在搭乘太空船前就已進入冬眠狀態，冬眠艙就像貨櫃一樣地分運進太空船，所以無從得知一家人是否會在同艘太空船，也不知道迫降在這星球罹難的人裡有沒有自己的家人。

「其實，因為一直處在冬眠的狀態，我沒見過宇宙。」

漫長的冬眠過後，喬安在息影的醫療室睜開了眼睛，但她看到的只有白色的天花板、牆壁和醫療設備，之後又被轉移到四面皆是玻璃牆、光線耀眼的隔離室。喬安說，即便甦醒後很長一段時間，她仍不禁以為這是一個從未醒來的怪夢。

喬安還描述了末日前的地球，繁星爍爍的夜空，登高俯瞰時腳下那一片燦爛的陽光。端喜非常喜歡聽這些如夢似幻般的故事。

喬安還提到了「氣味」，氣味是來自被地下人稱之為分子的空氣中的特定感受。氣味和意義是同一種分子的不同解讀。

雖然原型人類的嗅覺受體沒有地下人發達，但卻擁有著連接氣體分子與情感、記憶和感受的認知線路。花朵、樹木和水果各自擁有對應命名的氣味，大海、草原、森林、城市、茅屋和倉庫也都存在著能夠連結到場所的味道。喬安告訴端喜，息影常常瀰漫著一股水果倉庫的氣味。雖然根據喬安的描述嘗試想像那種氣味，但端喜就算發揮最大限度的想像力也難以有具體的概念。

喬安所說的氣味與地下人感受粒子的方式極為不同。端喜能清楚地感受粒子的意義，即使粒子相互摻雜在一起，每個粒子也能清楚表達固有的意義。端喜還能認知空氣中擴散飄浮的語言軌跡。但喬安說的氣味則是抽象的，那不過是尚未轉換成語言的、特別的、主觀的感覺。喬安微弱地感受到氣味始於何處，飄向何處，最後擴散開來。

某些飄浮在息影的粒子會讓喬安感到心情愉悅，但也有某些粒子會使她感到不適。有時原本感到舒服的粒子在過了一段時間後，還會變得令人不舒服，但也有一些先前反感的粒子突然從某一天起變得能夠接受。可以肯定的是，這與粒子的意義毫無關係。像是端喜喜歡的代表〔愛〕、〔喜悅〕和〔草葉〕意義的粒子，就提不起喬安的興致，甚至還讓她覺得有些不舒服。

「愛很像石油味。」

喬安嘟囔了一句。

為了找出喬安喜歡的粒子，端喜從研究室取來粒子樣品盒。喬安仔細觀察一遍，拿起幾個樣品試聞，然後出人意料地表示非常喜歡代表〔襪子〕意義的粒子。竟然喜歡襪子？端喜噗嗤地笑了出來。端喜告訴喬安那個粒子的意義是〔襪子〕後，喬安略顯困惑地說：

「我還以為是很浪漫的意思呢。」

喬安對製造這些意義粒子的過程產生好奇。聽到端喜解釋，是從花草等植物中的萃取物作為基礎物質而進行語意合成時，喬安興致勃勃地追問地下世界也種植鮮花嗎？由於息影的植物生長在嚴格管控的栽培室裡，作為珍貴的原料，鮮少有人見過。

「地球人會互相送花。不僅美觀，最重要的是鮮花散發出各種好聞的氣味。人們送花來傳達難以言表的情感，像是感謝、愛和歉意等等無法說出口的尷尬情感。大家希望透過贈送花束流露這些感情。但話說回來，花的氣味對妳是否也具有特定的意義呢？」

喬安邊說邊看了一眼端喜。

「那我應該送妳什麼樣的氣味呢？傳達奇怪的意義可就麻煩了。」

說完喬安自己笑了，但不知為何端喜卻沒能跟著笑出來。

來到息影兩年後，喬安開始在圖書館協助學者們做復原文件的工作。幾百年來，由於保管上的疏忽，許多共通語言資料都遺失了。正因為如此，學者們才找上喬安，希望她負責這項工作。消息從研究室傳出後，有些人表達了強烈的抗議，大家反對把共同體的機密和要職交給外部人。有些人說，怎麼能讓像喬安這種不屬於息影的外部人處理重要的文件？有人甚至懷疑喬安會故意將資料弄得一塌糊塗。端喜很擔心這些話語會傳到喬安的耳裡。

幾個月後，喬安正式成為圖書館的資深研究員。雖然這職務只被賦予能瀏覽機密資料的權限，卻還是遭到許多人的反對。在端喜看來，喬安似乎並不在意人們這類反應，這多少讓她鬆了口氣。

喬安離開學校，開始到研究所工作，深夜回來後，睡在端喜對面的床上。息影的生活周而復始，再沒有發生任何新鮮事，時間就像靜止似地緩慢流逝著。端喜和喬安會分享每天發生的事，以及在圖書館發現的共通語童書和生長在植物研究所裡的草本新意義。每當這些時刻，她們感受到生活平靜似乎再也不會遭遇突如其來的危險。

隨著時間的推移，喬安適應了息影的生活。人們不再像從前那樣不加掩飾地向喬安投以敵意的目光，不再惡意散布喬安帶來幾百年前地球上傳染病的謠言。不久前，息影出現一場流感，大家把原因歸咎於喬安，但醫療室分析病毒後證實，流感病毒並非來自過去。端喜對此氣憤不已，但喬安卻不以為然，覺得能洗脫罪名就好。

儘管如此，端喜仍惴惴不安，大家並沒有發自內心地接受喬安。在這些地下人的眼中，喬安就是一個礙眼卻又無法立即清除的存在。雖然研究員們表面上都對喬安很親切，但對粒子意義極其敏感的端喜還是能感受到他們依然對待喬安如實驗品，以及隱藏在親切背後的蔑視和反感。

生活在息影的地下人始終深信喬安與他們不同。喬安也感受到這點嗎？

端喜暗自認為也許是因為語言之間的隔閡，若是喬安想與大家交流就得克服雙重翻譯的障礙。與喬安對話需要耗費較長的時間，而效率也不高。每次都得盯著翻譯器的畫面，解讀粒子語言的機器也不是專門為了翻譯而製造的，所以體積龐大，攜帶極為不便，到處都會吸引人們的視線。翻譯器從喬安來到後就沒有改良過，直到現在還是經常翻譯出一些滑稽可笑的話語。

地下人習慣了對話存在時差，也同意用粒子取代文字非常方便。一旦展開對話，空間裡就會遺留粒子，稍晚加入對話的人也可透過粒子輕鬆掌握對話的脈絡。留言時也只需留下粒子，後續就能確認。但喬安的翻譯器卻無法解讀飄散開來的粒子，每次走進眾人聚集的房間時，就只有她一人無法掌握對話的脈絡。對喬安而言，何時在哪間餐廳見面，或簡短的指示事項比長時間的研究會議更加難以理解。生活在息影的地下人習慣這種存在時差的對話方式是理所當然的，所以並沒有人理解喬安的難處。

長期與喬安朝夕相處的端喜現在能聽懂一些語音語言了。除了端喜，其他人還是很排斥聽到喬安的聲音。對發聲器官退化的地下人而言，聲音不過就是一種陌生且令人困惑的震動罷了。相反地，喬安也不可能學習粒子語言。雖然喬安與地下人外型相似，但嗅覺受體和語言路線則完全不同，本質上就是不同的物種。

為了不讓喬安在息影受到差別待遇，端喜付出更多努力，她把這視為自己的責任，因為是她提議讓喬安離開隔離室的。但人們不把喬安視作朋友、同事，以及共同體的一員，這讓端喜感到無能為力。雖然眾人為喬安提供安身之處和工作機會，但卻沒有發自內心地喜歡和照料她。能讓喬安感受到善意的地方就只有端喜的小房間而已。

雖然喬安從未開口說過這樣的話。

但偶爾端喜走進房間時，還是能夠感受到空氣中充斥著悲傷的粒子。每當此時，喬安都坐躺在床上，雙唇緊閉凝視著虛空的某一處，接著看到走進房間的端喜時，立刻笑臉相迎。悲傷的粒子包圍著喬安。喬安無法感知這些粒子，也不懂如何隱藏空氣中的悲傷。

端喜埋頭研究著新的語意合成器。如果在實驗室外面，可以用攜帶式裝置合成粒子的話……端喜的研究正是從這種假設去出發的。

粒子語言是由棲息在腦室的微生物基因體形成的，且透過分泌腺釋放而出。腦室的微生物與地下人保持著緊密的共生關係。僅從結果來看，會判別由地下人直接製造出意義，但合成意義粒子卻是源於微生物群落。

這也就是說，如果能在腦室外培養微生物，且以刺激神經元的方式刺激微生物，就理論而言，是有可能在體外構建粒子意義網的。端喜在研究室經常做的工作之一就是培養微生物群落。那麼現在只要以特定方式向微生物傳達信號，製造出所需粒子的具體合成路由就可行。

端喜調查後發現，過去也曾進行類似研究。當時是為了幫助因事故或疾病出現語言能力障礙的人，但最終因為各種複雜因素而中斷。

研究所同意端喜重啟開發語意合成器的項目。官方記錄重啟該項目的目的是為了幫助息影的患者，但端喜做這件事的目的就是為了喬安。

端喜在早前研究員們開發的未完成合成器中加入自己研發的定向路由原理，最終完成新的語意合成器的試驗製成品。她沒有把這一成果展示給任何人看，而是先拿到喬安面前。

〔喬安，妳看，有了它妳也可以使用粒子語言了。它和原有的翻譯器使用方法相同。雖然目前只能翻譯一些簡單的話，但進行日常對話是毫無問題的。〕

端喜興奮地把語言合成器遞給喬安，預期得到喬安開心的回應。

喬安目不轉睛地盯著語言合成器，很快便明白手上的東西意味著什麼。但喬安既沒有開心，也沒露出驚訝的表情，只是尷尬地笑了笑。

「沒關係。我用原來的翻譯器就好。」

端喜瞬間像洩了氣的氣球。她說服喬安說。

「喬安，這是我專門為妳訂製的。再過一段時間，它會變得非常有用。大家不會像我一樣，願意為了跟妳交流花費那麼長的時間。」

聽到這番話，喬安楞楞地看著端喜。

「妳想想，妳也需要更有效率的對話方式。妳屬於這裡，如果往後想在這裡繼續生活的話……」

「不，我不屬於這裡。」

喬安打斷端喜的話。端喜不知所措地看著喬安。喬安停頓後再次開口說：

「不用花費長時間跟我交流？大家根本就不想花時間跟我交流，因為沒有那個必要。」

端喜聽到喬安的聲音後，靜靜地等待她的聲音傳換成文字。

「大家有為了我停止過講話嗎？有停止過互相交流我不理解的詞語嗎？空氣中有過沉默嗎？哪怕只有一次也好。如果沒有，就說明我從未屬於過這裡。」

端喜意識到就在當下，她們的對話也存在著延遲，而且在這個房間之外，沒有人等待過這種延遲。

喬安沉默地望著端喜。端喜也近距離觀察著喬安，那雙充滿迷茫的淡褐色眼睛，通紅的皮膚，有別於在封閉空間長大的人們的思維方式。所有造就喬安，以及喬安所愛的一切都來自於這個星球之外的地方，而它們正使力把喬安帶離這裡。

「對不起。我知道這不是妳的錯，但我非常混亂。我理不清眼前的狀況。我，我……需要時間思考。」

喬安走出房間後好幾天都沒回來。端喜整夜難眠，擔心喬安去到哪裡，睡在哪裡。儘管擔心，但端喜也沒有尋找喬安，而是守在房裡等她回來。端喜希望喬安能接受未來只能繼續生活在息影的現實，就算從未有歸屬感，但也是無法改變的事實。

好幾次，端喜在大廳遇到喬安，但她卻假裝沒看到自己，直截了當地走開。當端喜意識到與喬安彷彿相隔觸不可及的距離時，這才注意到大家看待喬安的視線、空氣中嗡嗡作響的粒子，以及巧妙歪曲包圍著喬安的重力場。這都是之前端喜憑藉猜測但從未體驗過的感受，因為眾人的視線從沒有投向自己。

一直以來，端喜以為息影是一個均衡的空間。沒想到對喬安而言，這裡是兩個世界。一個是端喜的房間，另一個則是端喜房間以外的所有地方。端喜以為自己把喬安從隔離室裡拯救出來，但現在看來，似乎只是換了一個更大的隔離室。

一個星期後喬安回來了。端喜立刻起身，她覺得無論如何都該先向喬安道歉。但在端喜開口前，喬安遞出一個盒子。

「其實，我本想早點回來的……」

盒子裡裝有很多小玻璃瓶。

「為了製造這些氣味，所以晚了。」

端喜一臉詫異地看著盒子裡的玻璃瓶。

「這是送給妳的禮物，妳不是很好奇氣味嘛。這些氣味都是我用妳之前給我的粒子樣品去混製的。有的氣味非常難聞，但也有非常好聞的，混來混去竟然混出我很熟悉的氣味。」

端喜慢慢地逐一檢視，然後拿起一個小玻璃瓶，瓶中的液體微微晃蕩著。

「我最喜歡這瓶的氣味。」

喬安說道。端喜掀開瓶口的石蠟紙，用力吸了下瓶中的粒子，然後重新封好瓶口。

「這瓶裡裝著非常深奧的意義。」

「說說看？」

喬安面帶好奇等待端喜說下去。

「襪子在沙漠被發現時戴著帽子……」

喬安笑著從端喜手中搶走了玻璃瓶。

「都說不要解讀意義了，用感官去感受……」

「好吧。這是什麼氣味啊？」

「是離開地球前，我們家的味道。不知道我爸爸從哪裡弄來的芳香劑，這是經常噴灑在客廳的沙發和地毯上的味道。」

喬安說完，若有所思地出神呆想。

兩個人躺在床上，一一打開玻璃瓶。雖然端喜無法像喬安一樣聞出味道，但還是覺得喬安描述粒子的方式好有趣。打開第七個玻璃瓶時，喬安說鼻子已經失靈，無法再分辨了。

兩個人把盒子擱在一旁繼續聊天。端喜很想知道喬安消失的一個星期去了哪裡。喬安唉聲嘆氣地說，白天協助圖書館調查資料，晚上睡在隔壁的休息室，因為只能蜷曲著睡覺，結果現在腰痠背痛。端喜聽後笑說。

「我天天都在等妳。擔心死了。」

喬安看著端喜淡淡一笑。兩個人聊著瑣碎的小事，夜晚的時間以緩慢的速度流逝而過。

隔天，端喜發現喬安帶走桌上的語意合成器，簡易的說明書也消失了。雖然喬安在端喜面前一次也沒有使用過那個語意合成器，但端喜也沒有多問。

幾個月後，喬安的名字出現在探索隊的名單上。

基地重新組建一支極地探索隊，前往回收埋在冰層下的太空船殘骸。當時正值強風季，穿越極點的路線非常危險。雖然由不畏懼強風的喬安領隊，但還是出現掉隊的人，其中一名隊員被有毒風暴捲走不幸罹難。喬安因此成為人們譴責的對象。

「即使不開拓外面的世界，大家不也都過得好好的。」

「說來說去，結果還不是外部人破壞我們的生活。」

「當初就不該救她。收留她，結果呢？卻不懂得知恩圖報。」

幾天後，走進房間的喬安臉色發青、呼吸困難。端喜把她送到醫療室後得知，罹難隊員的家屬找到喬安，對她破口大罵一番。醫生說，喬安很有可能吸入帶有神經毒的粒子，那些人應該不只飆罵髒話那麼簡單。喬安接受排毒治療後，昏睡了過去。守在醫療室的端喜透過走廊飄浮的粒子清楚地感受到，喬安無論走到哪都在遭受排擠。送喬安來醫療室的路上，擦肩而過的人們的眼神也不如往常。

喬安隻字未提回收太空船殘骸當天發生的事，端喜也就沒有多問。

過了一段時間後，端喜才得知研究所一直在祕密進行復原太空船的事。

僅憑息影現有的技術無法製造超光速航行的太空船。第一批迫降這星球的移民者為求生存，投入所有資源建設地下世界，於是這項技術在過程中逐漸消失。研究員們利用逆向工程製造出喬安搭乘的太空船零組件，成功復原能夠探索外太空的太空船。為了復原能夠離開這星球的太空船，喬安回過頭幫助那些曾經囚禁和試圖殺害她的人。

因為喬安，大家確信外太空還存在著其他人類，以及迄今為止由於濃厚的大氣層遮蓋而沒能觀測到的太陽系外行星。有人提出質疑，難道一定要離開這個星球嗎？難道不能一直生活在這個地下世界嗎？也有人堅信，尋找新的家園為時已晚。端喜也和這些人的想法一樣。但沒有人否認，息影這個停滯不前的世界正吞噬著人們的靈魂。

探索隊名單公布的當天，端喜沒有見到喬安。不知道喬安是故意迴避自己，還是真的過於忙碌，竟連打聲招呼的時間都沒有。

兩天後，端喜才在房裡見到喬安。

喬安正整理自己的物品。有個箱子放在一旁，裡面都是喬安打算丟掉的東西。聽說距離出發還有一段時間，但看到一心離開而迫不及待整理行李的喬安，端喜哽咽了。

﹁妳一定要走嗎？﹂

喬安假裝不知道端喜回來，一直低頭整理著行李，但聽到這句話時，忙碌的雙手懸在了半空。

﹁妳就非要現在離開嗎？出去會死的，很有可能再也回不來的！﹂

喬安沒有看端喜，視線一直停在箱子上。短暫的沉默過後，喬安緩緩地開口：

「我也知道。我是真的思考了很久。」
喬安的側臉看上去像是在笑，也像是在哭。
「我現在終於明白，我無法屬於這裡。」
〔妳前往宇宙，遇到其他的人類物種，抵達不同的世界，就能找到歸屬感嗎？〕
端喜追問，但喬安沒有回應。
〔妳怎麼能肯定？無論在何處，人類的本性都是一樣的。問題不在哪個世界能接受妳，而是那裡要有願意接受妳的人。〕
雖然翻譯器傳達出這段話，但端喜覺得那些聲音就只是掠過了喬安。喬安沉默不語。端喜感受到空氣中充斥著濃濃的悲傷，突然意識到自己說出不該說的話，但已經無法收回。
「對不起。但是……」
喬安說。
「那些讓我愛上這裡的原因並沒有讓我不那麼討厭這裡，矛盾的情感是共存的，就像其他的一切那樣。」

端喜明白了喬安的意思。端喜對息影也是又愛又恨，但比起愛的理由，更多的是討厭的理由。

但因為端喜有粒子，喬安沒有，所以端喜選擇留下，喬安選擇離開。任憑什麼也無法改變這一事實。

布朗號在無風的日子出發前往宇宙。端喜曾向喬安講解過空氣中不規則運動的粒子軌跡，持續碰撞且飄浮的、無法預測的軌跡。漂浮在水面的花粉運動。布朗運動。

「粒子擁有各自無法統計的軌道。」

喬安很喜歡這種說法。有時，端喜覺得喬安很像那些不規則的粒子。喬安沿著自己無法預測的軌道漂流到這裡，之後又不知將要漂向何處。為了尋找那些和自己一樣生活在抽象空氣中的人們，喬安在沒有目的地的情況下出發了。

端喜留在了息影。她大可以和喬安一起離開，但卻沒有這樣做。離開息影後抵達的星球將會與這裡不同，即使那裡沒有孤立與封閉，但卻有風，風會吹散粒子，粒子語言將因此失去意義。

因為受限於粒子，所以端喜無法離開這個地下世界。

雖然喬安離開了，端喜沒有停止研究語意合成器。年老體衰的人會喪失合成粒子的能力，也因此息影的地下人仍然需要語意合成器。端喜希望人們不受身體狀態的限制，能自由地使用粒子語言，在埋頭研究數年後，終於創造出利用簡單合成建構的語意網的新意義。在機器中的微生物群落認知這些新意義後，只要適當與刺激神經細胞的電壓信號進行生化轉換，就可以讓有需要的人使用。

老人、學習遇到困難的孩子和因事故分泌腺受損的人們在端喜的研究室門前排起了長長的隊伍。

〔老師，剛才合成的那個意義。〕

手捧合成器的孩子笑了。

〔讀錯了。不是「水」，而是「天花板」。〕

〔謝謝你告訴我。〕

端喜回以笑容。漸漸地，端喜開始依賴數據，而不是原有的感覺。在研究過程中，由於過度使用嗅覺器官，醫生診斷端喜喪失感覺，再也無法像從前那樣細緻、準確地讀出意義了。粒子如潮水般襲捲而來。現在的端喜覺得粒子的意義就像用手指擦拭灰塵後留下的汙痕，以及隨意混合在一塊的顏料。

儘管如此，人們還是非常喜歡端喜創造的新意義和語意合成器。端喜藉助自己研究的翻譯器持續進行研究。

端喜從未後悔留在息影，但偶爾還是非常思念喬安。

時光流逝，研究員們接收到布朗號最後發出的信號。探索隊進入星雲之間，在祝福他們好運時，最後的信號中斷了。

端喜的餘生在粒子與粒子之間流逝而過。

一天凌晨，端喜從夢中醒來，感受到熙熙攘攘的粒子。空氣中混雜著與以往不同的騷亂。直覺告訴端喜一定發生了什麼事。

端喜急忙穿好衣服，走出房間時看到孩子們已經站在門口。

〔他們回來了。〕

半個世紀前從息影出發的探索隊回來了。端喜在孩子們的攙扶下來到大廳，加入迎接隊伍。長時間的旅行結束後，探索隊搭乘另一艘太空船返回，但船體還是能看到字跡模糊、褪色的布朗號標記。探索隊最終在宇宙的另一端找到其他人類的居住地，為了討論移居問題，還請來原型人類參與。

探索隊員們與朋友和家人重逢，相擁問候的時候，端喜用懇切的眼神尋找著一個人。喬安也一起回來了嗎？

每當看到與喬安長相相似的人時，端喜的心就登愣一沉，但無論如何始終沒有看到喬安。端喜在原型人類之間尋找著那張思念已久的臉龐，卻仍不見喬安。

一名探索隊員扶住端喜的手臂。

〔我知道妳在找誰。〕

端喜激動地看著眼前的男人，但男人搖了搖頭。

〔喬安的身體太虛弱，沒辦法再歷經長距離的飛行。要不是她，我們的探索計畫早就宣告失敗了。〕

男人臉上流露遺憾的表情繼續說，在與原型人類接觸的過程中，喬安扮演了非常重要的角色，是她改變原型人類充滿警惕的態度。由於喬安保證說，息影的人們是能夠建立互利關係的夥伴，原型人類才肯端出友好的態度來討論如何開展交流。聽到這番話，端喜莫名感到心中很不是滋味。

〔喬安經常提起妳，要是妳們能見面就好了。啊，對了……〕

男人從包裡取出某樣東西。

〔喬安託我把這個轉交給妳。〕

男人遞出一個小玻璃瓶，裡面裝著微微蕩漾的液體。雖然經過半個世紀，但端喜依然記得那是什麼東西。

端喜伸手接過玻璃瓶，小心翼翼地撕下密封塑膠膜。由於想要打開瓶蓋的手一直顫抖不停，玻璃瓶幾次險些從手中滑落。

〔我幫妳。〕

男人伸手準備接過玻璃瓶。

但在端喜遞給他的瞬間，由於手抖得太嚴重，玻璃瓶掉落在地上碎裂開。

端喜立刻感受到四周飄蕩的某種粒子，隨即在空氣中四散。端喜讀出隱約能感知到的意義。

〔「襪子在沙漠被發現時戴著帽子……」〕

如今的粒子對端喜而言，比起意義更接近於味道。遲鈍的嗅覺器官就像過去的喬安一樣，在空氣中讀出某段記憶和情感。粒子把端喜帶回到從前，帶回到無法用意義捕捉的過去。那不是抽象的，而是非常具體的，無法用言語描繪的場景。那是喬安深深懷念的家。

驚慌失措的人們看向地面，有人試圖去收拾灑落在地的液體，但端喜阻止那個人說。

「謝謝。這樣也就夠了。」

長久的協定

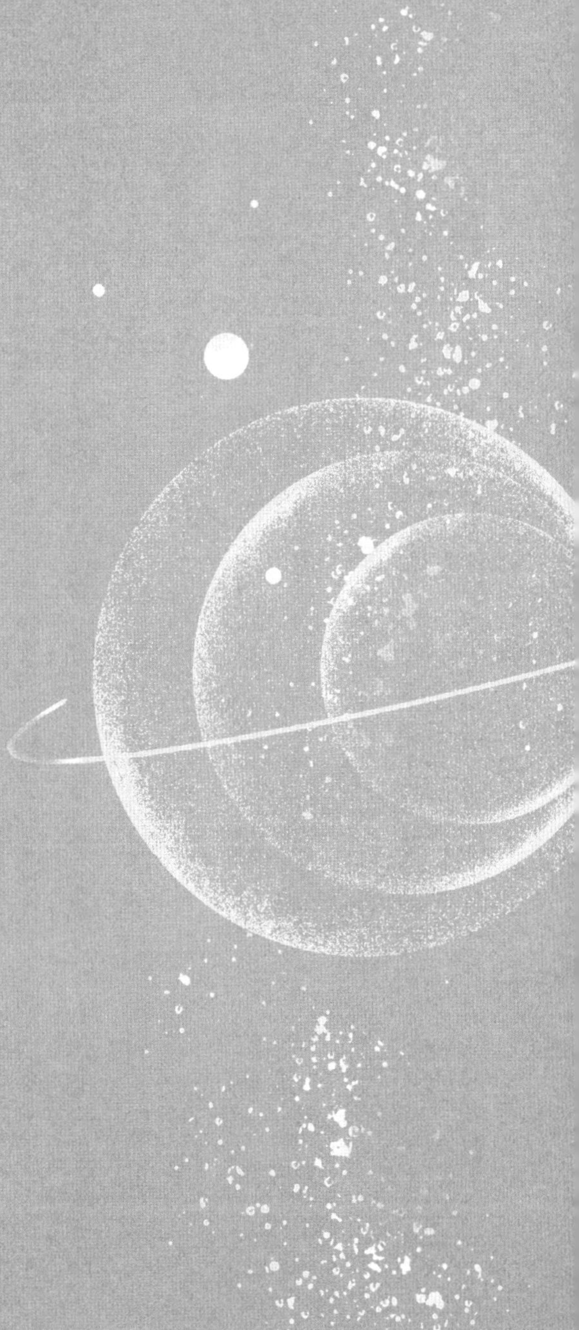

親愛的李貞：

你們的探測船現在已經抵達下一顆行星了吧。待在貝爾拉塔的時間還好嗎？雖然沒過多久，但我已經開始懷念與妳在海邊散步的日子。請看一下我在最後一天送給妳的禮物盒，裡面有一個寫著妳名字的玻璃瓶。妳說很喜歡貝爾拉塔海灘的沙子，所以我將它當作禮物送給了妳。那瓶沙子的顏色和在這裡看到的沙略有不同，因為那種奧妙的顏色只有在沙裡的細菌與海風吹拂中的金屬相互作用下才能形成，不是相同的環境，沙子是不可能呈現那樣的顏色。雖然無法把那種顏色原封不動的送給妳，但仍希望妳看到這個玻璃瓶時，想起我們一起散步的海邊。

最初聽聞來自地球的探測船要訪問貝爾拉塔時，我的第一反應竟然是恐懼，其他祭司可能也和我一樣吧。這裡記得地球的人早在幾百年前就死光了，加上現在有關地球文明的紀錄殘缺不齊，所以在收到妳鄭重寄來第一封信時，我沒能欣然提筆回信。

但與我擔心的相反，我們充實地度過兩個月的時間。特別是遇到妳，對我來說是一種莫大的幸運。我不會忘記與妳圍繞自然、宇宙、微生物和星球的時間所展開數不完的話題，也很慶幸自己曾短暫地研究過與地球文明有關的紀錄，不然對地球文化和語言一無所知的我，更不可能與妳度過那些愉快的時光。

不久前，我寄出一封告別信給你們的探測船，不曉得有無收到？正如我在信中所寫，作為曾經共享藍色星球的兄弟姊妹，我們非常珍惜與你們建立的特殊友誼，也十分感激你們慷慨地把地球的驚人設備贈與我們。

這封信是專門寫給妳的，所以我想坦白地說，其實地球探測隊的態度並沒有一直讓我們覺得愉快，而且越到後期，越能感受到你們對我們的不尊重。距離你們出發幾天前，有幾位學者突然找上門試圖說服我們，還以攻擊性的態度朝我們發起怒火。直到現在，我耳邊仍迴響著他們質問「為什麼不肯面對現實」的聲音。

但比起這些，最讓我難過的是，妳也經歷同樣的混亂。妳似乎也在尊重與拯救之間產生了矛盾，但妳應該也意識到這兩者是無法共存的。我很清楚你們說出那些話的態度出於對我們的憐憫之情，所以我並沒有懷疑你們的善意。然而，我卻不能期待其他的貝爾拉塔人也能這樣理解。

我們最後的道別也因此變得慘不忍睹。聽說很多地球的學者傷心欲絕。我為了阻止貝爾拉塔人湧入出發區，始終沒能和妳說一聲再見。後來我聽祭司們描述當時的混亂狀況：貝爾拉塔人朝你們投擲石礫與火種，他們噴吐口水又說了許多不堪入耳的話語，大喊並叫你們不要褻瀆神明。聽說有人還試圖搶回祭司送給你們的禮物，祭司也怠慢了你們。聽到祭司們的描述，想到我們的友誼就此瞬間無存，我的心都碎了。但是地球的學者們那些口無遮攔的發言卻又的確使我們星球的人和祭司們非常痛苦，因為那些話等於是徹底否認貝爾拉塔的信仰。

李貞，我很擔心妳會覺得這封信是單方面在表明我的立場，但我只是想告訴妳，連聲再見都沒說就這樣送走了妳讓我真的很受傷。我難過了好幾天，以至於沒有心情做任何事。我反覆思索無數遍，如果當時我也在現場會如何？是否能阻止貝爾拉塔人？早知道會發生這種情況，是否能事先說服雙方？是否能在眾人面前說出真相？

但這些想像卻隱沒於我的緘口不言之中，因為這是我身為祭司的義務。

深思熟慮後，我決定提筆寫下這封信。李貞，我始終相信我們坦誠相對、真心相待的每一個瞬間是真實的，而我認為只有在聽完我的故事以後，妳才會記住我，所以懷揣著對這分友誼的信賴、愛和悲傷，我寫下這封信。

我一眼就認出了妳。雖然抽籤抽到由我來擔任妳的個人隨行時我並沒有顯露，但其實我開心極了。只閒談幾句話罷，我便感受到妳那毫無偏見的好奇心和探索精神。我還記得其他學者聽說我們見面第一天就徹夜漫聊整晚時，流露驚訝的神情。話題始終沒有間斷，我們不斷交流貝爾拉塔和地球的大自然有多麼不同卻又多麼相似，以及各自的世界是多麼堅固且獨一無二。我還記得我們一起去探訪貝爾拉塔黑色海岸的那天，妳用閃爍的眼神對我說：

「貝爾拉塔真是一個寂靜又安寧的星球，彷彿所有一切都在最美的瞬間被定格住，就像停止生命運轉的星球。我走訪過許多星球，但浮現這種感覺還是第一次。」

來自地球的學者們即使從貝爾拉塔的風景中感受到某種異質感，卻無人能立刻明說，但妳卻給予了解釋。如妳所言，貝爾拉塔是一個極度靜態的星球，在這熙熙攘攘、萬頭攢動的生物就只有人類而已。除了我們以外的其他生物都處於靜止的狀態，連呼吸也非常緩慢。我們的日常風景等於是靜止的，只有用放大鏡觀察微觀生態系統時，才能看到緩慢蠕動前行的小生物。這樣的風景應該與活力充沛的地球恰好相反。

妳還記得那天我們去的歐比平原嗎？那裡是貝爾拉塔地形最特殊的地方，放眼望去處處可見奇形怪狀如岩石般的東西。

「歐比是貝爾拉塔最禁忌、最忌諱的生物。我們絕對不會吃歐比，也不會接近、觸碰牠，更不可以損壞牠。牠是貝爾拉塔信仰中，絕不可觸犯的禁忌。」

那天為妳介紹歐比時，我一再強調這件事。

「所以，不可以損壞或食用。無論發生任何事都不可以用手去碰牠。」

也許是因為嚴格的禁忌和奇妙的外型，地球學者們都對歐比產生高度的興趣。妳也為觀察歐比而更近距離地靠近牠，頭盔險些就碰著牠了。整個平原到處都是形似彎曲的圓柱物體，外觀看去既像岩石又像枯木，地球上很難看到這類罕見景觀。在不允許觸碰歐比的情況下，大家小心謹慎地進行觀察不知不覺就入夜了。我幫妳在距離平原稍遠處採集土壤樣本。那天晚上，妳小心翼翼地問我：

「諾亞，你們祭司能接近或觸碰歐比嗎？剛才採集土壤樣本時，我看到妳觸碰到歐比，所以很擔心。這樣問不會失禮吧？」

我點點頭回答說：

「沒關係的，我是祭司。只有得到神的允許的祭司才能接觸歐比。」

「歐比成為禁忌是有原因的吧？難道跟貝爾拉塔的神有關……」

我避開妳充滿好奇的視線，回答說：

「嗯，沒錯。貝爾拉塔的神不會無緣無故地考驗我們。這個故事說來話長。」

我興奮地為妳講解其他的淵源，就連妳沒問的事情也說，因為我希望避開關於歐比的話題。我們很快把話題轉移到地球文明，但直覺告訴我，直到妳搞清楚「那個真相」之前，是不會提出任何特別的提問。就如同妳曾經告訴我，人類歷史上也有特別禁忌的食物，這是非常普遍的事情，且嚴格遵守禁忌在很多情況下都是出自對信仰的尊重。

我們持續探查，有時其他學者也會同行，沒有表定行程的時候，我們也會四處走動。我很開心能為妳介紹我們的星球。我仔細閱讀過與地球有關的紀錄，試著想像妳在看到與地球截然不同的生態時，所感受到的喜悅。據推測，像貝爾拉塔這樣硅基生物和碳基生物能共存的星球，放眼全宇宙也屬非常罕見。對我而言，能與妳一起迎來貝爾拉塔的黎明，欣賞緋紅的天空、灰色的晚霞，仰望劃過天際的扁圓衛星，以及與妳共度的所有時光，這些也全是很罕有的喜悅。

正因如此，所以當妳說出這句話時，我才會目不轉睛地看著妳。

「諾亞，我希望有一天能再來拜訪。好嗎？」

妳那透明的頭盔表面映照出我的表情。我努力掩飾激動的心情，淡淡地說：

「貝爾拉塔的祭司們隨時歡迎妳。如果下次選對時間的話，妳還可以看到貝爾拉塔的夏天。」

「夏天也不錯。諾亞，比起其他人，到時我更想再見到妳。」

妳笑著對我說的話，我全記在心裡。

「我決定了。等返回地球後，立刻提議與貝爾拉塔正式建交。但前提是先完成探測任務，我們此次沿著航道至少還要走訪五個星球……考慮到超光速旅行的時間，可能還需要二十年。但這裡和你們的文明，最重要的是妳，真的深深吸引我。說不定下次能停留更久的時間，除了妳說的夏天，也許還能看看其他季節，當然得先徵求貝爾拉塔祭司們的同意。總之，諾亞，到時候妳仍會做我的隨行吧？」

對宇宙旅行者而言，漫長的時間就和一瞬間沒有什麼不同嗎？雖然不記得我的回答，但那晚我失眠了。我一直在思索我們的對話，妳似乎占據了我內心的某一部分。

但沒過多久，一股濃濃的哀傷便將我的心狠狠地摔爛在地。我想像二十年後再次拜訪貝爾拉塔的妳，還有與妳並肩同行的自己。

我知道，那樣的畫面永遠不可能存在。

沒多久後，妳發現貝爾拉塔的陰影。不知從何時起，妳不再好奇我們星球美好的事物，而是詢問起我們刻意隱瞞的細節。我記得，妳總是在發問時盡可能地不摻雜任何情緒，或許這就是學者的態度吧。但當妳詢問我們一生的週期、成長後經歷的「沉浸」狀態和嚴格的宗教規定時，我在妳提出那些問題裡頭感受到某種價值判斷。

我常常想像地球人發現通往貝爾拉塔的新航路時會有的興奮與激動，以及得知這曾是地球人居住地時受到的衝擊。如果真如妳所說，整個宇宙中尚未發現存有像地球一樣對人類充滿善意的星球，那麼在原以為無法前往的這顆星球上發現生存的人類，更對地球文明增添十分重大的意義。說不定這就是人類能夠抵達遙遠宇宙的另一端，且繼續生存的證據。

但妳很快便開始挖掘起隱藏在這種驚奇背後的隱情，並且幾乎就快要接近真相了。

正如妳推測的，這個星球的人類壽命遠遠短少於地球人。大多數貝爾拉塔人都活不過二十五歲，比一般人壽命更長的祭司也只能活到三十歲而已。貝爾拉塔人在人生最後五年會陷入一種名為「沉浸」的狀態，陷入這種狀態後將快速喪失記憶、智慧和語言能力。陷入沉浸狀態的人們會失聲尖叫、哀嚎，甚至變得十分粗暴。我們將「沉浸」視為把精神歸還給貝爾拉塔之神的過程，而這過程中出現的宗教式的恍惚夢境則是對我們靈魂的救贖。貝爾拉塔隨處可見處於沉浸狀態下哭天喊地、亂摔物品，最後精疲力盡癱坐在地的人們。但我們只能為這些人提供麻醉草藥。所有的貝爾拉塔人都將陷入沉浸狀態，祭司們也無可避免。沉浸是我們人生的一部分，也是信仰的一部分。

妳越走進貝爾拉塔人的生活，越變得少言寡語。我從妳望向我的眼神中感受到悲傷、遺憾和憐憫。我不希望妳這樣，但也不想介入妳的情感。我們以不安的眼神對望，沉默不語的時間越來越多。妳彷彿以眼神詢問：「為什麼這個星球的人的壽命如此短？為什麼你們神經受損和記憶衰退的速度會這麼快？為什麼你們要堅守那麼不合理的信仰？」

有一天深夜，妳在沒有祭司的陪同下擅自行動，直到天亮才返回。我發現妳悄悄地去了歐比平原。照理說，我應該立即將不遵守貝爾拉塔規則的妳驅逐出境。我十分混亂，卻沒有告發妳，一種難以言喻的情感襲捲了我。也許我也產生矛盾，既希望妳永遠不知道我的痛苦，卻同時期盼妳能查明這種痛苦根源的真相。

那天晚上，妳開門走進我的房間，在妳開口以前，我就已經猜到妳要說的話。

妳開始說服我：

「諾亞，妳是非常有才華且聰穎的科學家。也許妳能聽進我的話。我們探測隊的原則是不干涉任何星球的自然和文化。但是……我不曉得。可能和妳走得太親近，所以失去了平常心。我也感到非常混亂，不知道該如何是好。但我猜想如果換作是其他人的話也會這麼做。所以，諾亞，妳要認真聽我說。」

妳用充滿悲傷的眼神看著我說：

「你們必須打破禁忌，關於歐比的禁忌。」

我不知道該作何反應，也不知該開口說什麼。

「這個星球的大氣中充斥著神經毒素，一種名為盧提尼的物質會侵入你們的神經系統，進而破壞大腦。你們從出生就開始呼吸的空氣是造成死亡的主要原因，壽命短暫和沉浸狀態皆因這種物質而起。沉浸狀態只是腦損傷導致的結果。還有……最重要的是，在貝爾拉塔早就存在解決這問題的方法。」

即使看到我拚命搖頭，但妳還是繼續往下說：

「方法就是吃歐比。諾亞，我知道這樣講，妳一時無法接受……」

「這次的對話最好到此為止。」

「歐比只是死掉的植物，它們是沒有生物活性的。諾亞，這既不是禁忌也不是神的詛咒。」

「我們不會吃歐比的，我們不能。」

「你們定居在此後經過這麼長的時間，一定是有什麼誤會。攝取歐比可以分解盧提尼，短期攝取沒有效果，必須吃一輩子，但這並不是大問題，這裡到處都是歐比啊。只有歐比可以救活你們。」

「不，光是說出這種話，我們就會受到神的詛咒。請不要再說了。」

「諾亞，這是為了拯救生命，神也會希望你們活下來的。拜託，妳就相信我一次吧。妳也正進入沉浸狀態，不是嗎？現在還有時間啊。我們人類做任何事不都是為了生存嗎？這不是在褻瀆你們的神。諾亞，貝爾拉塔的神比起禁忌，更珍視的是你們的生命。」

妳看起來既悲傷又迫切。我們同行時妳見過我短暫失憶，突然失去意識。正如貝爾拉塔的陰影無法遮蔽妳的視線，我的命運也無法欺瞞妳。當我鼓起勇氣抬頭望向妳時，妳卻顯得十分慌張。

因為我哭了。

「李貞，我知道的。妳說的話，我都明白。」

我哭著說：

「我知道妳說這些都是因為擔心我們，我比任何人都明白妳的意思。」

眼淚止不住地流著。

「但就算如此……我們也不能吃歐比。」

直到最後，我仍沒有說出實情，沒有告訴妳我們遵守禁忌，服從紀律和順應死亡的真正原因。我感到若說出口，我們定會更加難捨難分。

李貞，妳提到我相信的神，妳說神是慈悲的，祂一定很珍視我們的生命，所以勸我食用歐比。妳說這些話時的眼神，真的像是在訴說貝爾拉塔神的慈悲。

但現在我要告訴妳真相，其實，我並不相信神的存在。就在我與妳討論貝爾拉塔的神的當下，我的內心深處也始終堅信，祂並不存在。不相信神的祭司，一定很令人詫異吧？但絕大部分貝爾拉塔的祭司都不相信神。就像現今地球上，許多信仰人格化神祇的宗教消失後，只剩下以道德作為約束的宗教，貝爾拉塔的宗教也依然發揮著這種作用。與其說我們相信神，不如說我們需要信仰，以及服從於這種信仰的約束。

我有跟妳提過身為祭司的我，必須接受長達多久的訓練嗎？我接受了二十餘年的訓練，也就是說，我的整個人生都是在這個修道院度過的。最初被選為祭司是我六歲的時候。

貝爾拉塔的孩子在小時候至少得接受一次神的測驗。那天我和雙胞胎姊姊一起去到考場，身穿黑色長袍的祭司讓我們一字排開，接著依序進入一個小房間。許多孩子走進房間後，只堅持不到幾秒就哭著飛奔出來。看到眼前的光景，我著實嚇壞了。但輪到我走進房間時，就只是感到比平時有些噁心想吐而已。姊姊排在我後面，誰知她剛走進房裡就暈倒在地，渾身抽搐不已。看到祭司們把暈厥的姊姊抬出房，我嚇得放聲大哭，後來才得知，那個奇怪的測試正是選拔貝爾拉塔祭司的儀式。從那時候起，我和姊姊命運便出現染絲之變的分歧。

我在修道院學習教理，早晚做禮拜，一邊幫助信徒一邊接受著祭司教育。年幼的我作為祭司，受到人們的尊重和虔敬。走在街道，人們為我讓路，慷慨地分贈麵包和飲料予我。身處祈禱室，閉目合十，彷彿真的能感受到從某處傳來貝爾拉塔神的福音。

我沉浸在人們的尊重和禮遇中，對於自己受到神的感召而深信不疑。

時光匆匆時移季換。當我返回家時，看見雙胞胎姊姊的慘狀。只比我早出生幾分鐘的姊姊尚且年輕卻已經開始沉浸，我不明白是什麼讓我們的人生變得如此大相逕庭。協助共同生活的大人們讓我為姊姊祝福祈禱，為神的慈悲祈禱，他們說姊姊很快就會投入神的懷抱。幾個月後，姊姊忘記我的名字，連我們小時候一起玩耍的遊戲也遺忘。她用失焦的瞳孔凝望著虛空，哀嚎連連。醫生見到姊姊用指甲刮抓我，甚至試圖用鋒利的東西刺擊我，便強行將她的指甲剪短，最後更將她的手腕綑綁住。

人們說，神賜予我的祝福裡也連同姊姊的那一份。這是神的旨意。我向神祈禱，請祂把這份祝福也分給姊姊，但卻沒有得到回應。姊姊彷彿漸漸變成一具枯木，四肢捆綁的她在地上爬行，一邊掙扎一邊發出嚎叫，最後連出聲的力氣也消失殆盡。姊姊去世前，修道院允許我外出返家，但回去面對姊姊讓我感到害怕。看著與我長相相同的姊姊，讓我聯想到自己暫時得以延後的命運。

姊姊嚥下最後一口氣時，我徹底被恐懼包圍了。為什麼我們的命運截然不同，為什麼姊姊遭受痛苦折磨至死？為什麼我們的人生如此短暫，卻得長時間處於靈魂被奪走的狀態？我希望可以從神那裡得到解答，但祂一次也沒有回應我的祈禱。我得到的就只有沉默。

正因為如此，我開始慢慢關注起我們祖先生活過的星球——地球。我非常好奇在擁有先進文明的過去，人們是否也經歷同樣的痛苦。雖然現存的資料只剩圖書館裡的古老文獻，但在研究地球文明的過程中，我還是受到非常大的衝擊。在地球，保護人們的不是神，而是文明和科技。地球人的壽命很長，遠遠超越我們，而他們的一生並不存在貝爾拉塔人必須經歷的沉浸狀態。我意識到其中的不對勁。如果真的有神在統治貝爾拉塔，那祂為什麼要讓我們經歷如此不幸的一生呢？為何從未對神產生質疑的姊姊會這麼快得離開？我漸漸對貝爾拉塔的神和我們的信仰產生懷疑，越是細讀教理、規則和神存在的證據，越是讓人覺得，一切全是無稽之談。

辦完姊姊的葬禮，將她的遺骸沿江送走後，我陷入徬徨困惑。雖然我整日上街背誦祝福人們的祈禱文，協助修道院舉辦禮拜活動，靜默無聲地幫忙整理文獻，但暴風雨般的憤怒卻在我心中肆虐氾濫。有一天，我衝出修道院，向城市的近郊狂奔而去，內心的憤怒、痛苦和恐懼徹底沸騰炸裂，此前深信不疑的信仰彷彿一改常態大肆嘲笑我。我衝動地立下決心，一定要找出這個絕對禁忌的真相。

我漫走許久，來到歐比平原。整個平原都是貝爾拉塔人出於憎惡而不敢靠近的、如同岩石般的歐比。我衝向平原，只為要面對禁忌，要確認根本不存在的神的禁忌，證明祂只不過是從未向可憐的我們伸出援手的假象。使人們畏懼一生的歐比環繞著我，我在滿地的歐比之間跑來撞去卻毫髮無傷，突然很想大聲吶喊告訴人們，你們看，根本什麼事也沒發生。

突然，我被地面上的樹根絆倒，隨即發出慘叫沿著陡峭的斜坡滾落。當下心想肯定不會有人來這裡救我，與此同時，一股牴觸的情緒隨即而來。假如貝爾拉塔之神真的存在於世，一定會幫助我吧。

我醒來時感到渾身痠痛，抬頭環顧四周，看到與之前略顯不同的風景。我不曉得自己跑了多久，也不知道跑了多遠，只覺全身疼痛宛如遭受一頓毒打似的。我看到身旁有一棵巨大的歐比，從身上沾滿的歐比表皮推測，我應該是撞到它了。我吃力地從地上爬起，面對粗大的歐比，莫名感到些許惱火。長久以來畏懼的對象，竟然就只是如同岩石般的存在。

我很想把怒氣發洩在歐比身上，但多年來烙印在我身上對於禁忌的服從，使我猶豫不決。我緩慢地把手放在歐比上，直到那時我還是沒能擺脫受到詛咒的想法。我的手微微顫抖著，但既沒有詛咒也沒有滅亡，只有如同觸碰到堅硬的樹幹和石頭般的觸感。我用手撫摸著歐比的表皮。

這時，一個聲音傳入我耳中。

為什麼突然叫醒我啊？

那聲音似乎不是藉助空氣的震動傳來。我睜大眼睛，仔細環顧四周一圈。

「你是誰？你在哪裡……」

那瞬間，我看到方才觸碰的歐比在震動。雖然難以置信，但我直覺是歐比在跟我說話。

怎麼樣，妳喜歡這個星球嗎？

簡直就像在作夢般，絲毫沒有現實感。歐比竟然問我喜不喜歡這個星球。我呆呆地望著它，語無倫次地說：

「不喜歡。這裡……太可怕，太恐怖了。我想離開這裡。」

是喔？還以為你們會喜歡這裡呢。

真不知道它到底在講什麼。又一句話傳進我的腦海。

雖然很想再多跟妳聊幾句，但現在我要去睡覺了。

「睡覺？為什麼？」

因為這是和你們的約定。

「什麼約定？」

歐比說著我聽不懂的話。但我能隱約猜到，剛剛撞到它，弄醒了它。我沒料想到先前一直以為是死掉的植物，其實是會思考、會講話的智慧生命體。在我還沒搞清楚狀況的時候，歐比又冒出一句。

我走囉，掰掰。

就在聲音消失的瞬間，歐比微弱的震動也乍然停止。我置身於徹底的沉默之中，彷彿連空氣也凝結。我感到既陌生又害怕，但還是懵懂半晌地回應一句：

「好吧……謝謝你。晚安。」

我自己也感到困惑，為什麼要跟它道謝呢？

片刻後，原本以為消失的聲音又補充一句話。

原來妳不記得我們了。妳想知道是什麼約定嗎？

我前往歐比告訴我的地方。沿著通往地下的樓梯，來到一個陰暗潮濕的空間，既沒有告示也沒有警告，只看到一個入口。我小心翼翼地觀察著那個地下室。

地下室裡留有許久前曾經住過人的痕跡。四下雜亂無章，可以看到幾處通道、緊閉的門扇和被泥土、灰塵覆蓋的地面。我掀開覆蓋在未知物上的破布，看到已經腐爛的家具。

似乎有人為了逃亡而藏身於此。

那不是最近留下的痕跡。彷彿出於某種奇特的因素，地下室的一切被定格在過去的時光裡，靜止的時間吞噬整個地下室。我感到不寒而慄，被恐懼圍困。

大腦感受到前所未有的震動。就像剛才歐比的聲音一樣，震動直接變成聲音，竄進我的頭蓋骨。我嚇得渾身顫抖，跌坐在地。

下一秒鐘，殘留在地下室的聲音湧入了腦海。

我永遠也不會忘記那天聽到的聲音。為了解讀那些聲音的意義，我的大腦彷彿經歷徹底分解再重組的過程。那些聲音說：都死了，外面的人都死了。時而哭喊，時而慘叫的聲音全交織混雜。我們也會死的。我們回不去了。無路可逃了。只能接受現實等死了。我們不能就這麼等死。

我的眼淚奪眶而出。這些聲音似乎讀懂我的心。因為近距離目睹過死亡，我也害怕死亡。陷入恐慌時人們的聲音，面臨死亡時的恐懼，如同鐵鍊般緊緊勒住了我的心臟。這時，歐比的聲音傳來。

我們把這個星球的時間分給你們吧。

下一秒，一切安靜下來。

當我睜開眼睛的時候，發現自己躺在地上。我似乎被一股無法承受的悲傷壓倒在地，但這股情緒隨即又消失。我將那些瀰漫傳開的聲音和幾百年前的悲鳴串連起來，終於明白遙遠的過去，在這個地下室裡所發生的事。

很久以前，在我們抵達貝爾拉塔時，主宰星球的生物正是那些歐比。對歐比而言，我們就是不速之客。人們很快發現，有別於表象，這個星球的環境並不適合人類生存。受大氣中的盧提尼影響，人類的大腦迅速出現損傷，而盧提尼正是來自於主宰貝爾拉塔星球的歐比。航道因計算錯誤而關閉，這附近也沒有生命體可生存的星球，我們別無選擇，只能留在貝爾拉塔。但我們無法與歐比共存，而唯一的可能就是它們死，不然就是我們亡。

人類為了生存開始肆意虐殺歐比。之後我們發現，在歐比驅離的地方不僅能暫時呼吸，更發現吃掉它們的屍體還可解毒。但是，歐比不僅僅是這個星球的生命體，更是這個星球的主體。在原以為已清除歐比的地方，很快地又以驚人的速度長滿歐比。歐比的根系遍布整個星球，無論是地面還是地下，它們調節著整個星球的生態環境。即使是沒有歐比的地方，盧提尼也會隨風飄散。為了循環大氣中的水分，歐比能讓暴雨狂瀉持續一整天。連日的降雨導致洪水，所以就算沒有盧提尼，人類也會出於各種原因而死。有的人死於飢餓；有的人被大水沖落懸崖，墜地而死；有的人被洪水捲走，溺水而亡。隨著抵抗侵略者的歐比的生命活動愈發劇烈，大氣中的盧提尼濃度也不斷增加。

有的人放棄成為侵略者，躲藏到地底。這並不是什麼了不起的決定，他們只是明瞭虐殺原本生活在此的歐比是錯誤的行徑。這就像地球人在最絕望的時刻，還是有人寧可犧牲自己，也不願傷害他人一樣。過去的貝爾拉塔也存在這樣的人類。在看到地下堆積如山的屍體，有的人認為與其這樣，倒不如死在外頭，於是逃出地下，也有人偷偷地撿回歐比的屍體。這些躲在地下的人什麼也沒做，除了躲藏，他們別無他法。但即使如此，結局仍舊已注定，外面的人廝殺而死，地下的人絕望而死。死亡持續不斷，直到剩下最後的一批人。

因為我們這些擁有中樞神經系統的人類未能擺脫以自我為中心的思考方式，所以花費非常長的時間才意識到，歐比一直在嘗試與我們展開對話。

李貞，妳還記得初到此時感受到的奇妙異質感嗎？正如妳說的，這個星球太寂靜，太安寧了。妳的觀察力非常精準，在貝爾拉塔移動的只有空氣、水、不顯眼的微小生物和我們人類而已。曾幾何時，貝爾拉塔隨處可見各種活動的生物，這裡也曾是一個充滿活力的星球。但現在的貝爾拉塔卻變成了一個處於靜止狀態的星球。

這種變化基於一個長久的協定。

這些看似如同槁木的歐比在整個星球扎下錯綜深埋的根系，露出地面的只是一小部分。這些歐比影響著整個星球的運轉，它們既是個體也是團體，同時還擁有兩者兼具的智慧。作為團體的歐比等於是永恆的生命體。貝爾拉塔的整個生態系統直接或間接地歸屬在歐比的根圈、內圈和葉圈裡，它們的生命活動和代謝作用產生大氣中的盧提尼。對於貝爾拉塔的生物而言，歐比是構成生態循環的主軸，也是新陳代謝的重要因素。

來自遙遠地球的太空船抵達貝爾拉塔時，歐比便仔細觀察那些走出船艙的小生物。它們很快發現，這些個體難以適應不同的環境，是極度依賴生態的生物，而這些生物存在自我概念，不僅能思考和行動，甚至還非常暴力且不道德。對歐比而言，人類只是不速之客。它們完全可以袖手旁觀，任由我們自生自滅，在絕望中等死，消失得無影無蹤。但它們沒有這樣做，因為它們懂得憐憫的真諦。

我在地下室聽到的最後一段對話是關於最後的人類與歐比的約定。

有人說。對不起，我們做了殘忍的事。真的對不起，是我們毀了你們的星球。

歐比對這些人類產生好奇，提出許許多多的問題。歐比詢問這些陌生的生物來自何處？為何不離開這個星球？死亡對他們而言究竟是開始還是結束？事實上，歐比對此感到有趣，因為僅憑這些人類的力量根本無法破壞貝爾拉塔，但他們卻道歉聲稱自己摧毀了這個星球。

看來與我們的壽命相比，你們的人生只不過是短暫的瞬間，不如我們把這個星球的時間分給你們吧。

對話就這麼結束了。歐比從此選擇長眠。

就這樣，在這個星球上，原本生意盎然的主人主動選擇了長眠。貝爾拉塔的生態系統停止，大氣中的盧提尼也降低到人類能生存的數值。倖存下來的人類再也沒有傷害過歐比。但儘管如此，脆弱的人類最終還是未能擺脫盧提尼帶來的傷害。但有一項事實是永恆不變的。

那就是我們存活的時間都是向這個星球借來的。

那天晚上，神父在地下室找到了我，他找到躺在地上的我和散落四處的紀錄，立刻明白發生何事，因為之前他也目睹過類似的情況。

「神父……那些歐比……」

我的聲音在顫抖。

「是那些歐比把時間分給我們，是它們為了讓我們存活下來，主動選擇靜止，選擇長眠。但怎麼會這樣？我的意思是，它們怎麼會為了做出那種事的我們……」

我沒有去看神父的表情，他似乎有話待說，但最後還是選擇沉默。神父輕輕將手放在我的肩膀上。

「是啊，妳也看到了。」

神父說道。

「沒有神，也沒有禁忌，有的只是約定。」

我把額頭貼在地面，依舊可以感受到那些飄浮在地下室支離破碎的聲音。那裡存有我一生也無法理解的決定。在這個沉睡的星球上，到處瀰漫著歐比為了我們這些從遙遠太空而來、微不足道的人類，甘願割捨時光的決定。我閉上眼睛，揣想著它們。

想著我們大部分人根本記不住長久的約定，以及即使經過數百年之後仍在堅守約定的它們。

李貞，希望妳能原諒我到現在才說出真相。雖然我無比信任妳，但還是害怕，因為我也無法信任自己，而在貝爾拉塔，真相始終是受到嚴格控制的。

在我們的星球，知識並不能拯救我們。直到某一個時間點，被選為祭司的人們都將面對無神的真相，但接著大家皆會選擇無知地度過餘生。歷史記載，在過去偶然得知真相的祭司中，有人為了延長壽命深受毀約誘惑之苦。愈是接近沉浸狀態，我們愈將失去理性、被欲望蠶食。我們已目睹太多因貪戀眼前生活，進而做出危險舉動的先例。正因為這樣，在貝爾拉塔能拯救我們的不是知識，而是無知。直到最後一刻，能夠制約我們的，就只有支配我們終其一生的規則和信仰，以及對於禁忌的絕對服從。

過不了多久，我也會忘記真相，最後剩下的就只有烙印在本能裡的驚慌、恐懼、厭惡和忌諱。到那時，我就會在無知狀態下遵守禁忌。令我感到悲傷的是，貝爾拉塔人對於甘願割捨時間分予我們的歐比的尊重，就只是建立在對它們的恐懼之上。但這點最終守住了長久的約定。

李貞，我應該再也見不到妳了。

我恐怕無法遵守陪妳共度貝爾拉塔之夏的約定了，因為現在的我正等待即將到來的死亡。

但我相信總有一天，我們和歐比能在這個星球共存，共享同樣的時間。祭司們正以比普通人更具抵抗力的自身為研究，我們也持續發現突變的案例。日復一日，我們將適應這裡的環境，成為貝爾拉塔生態的一部分。

李貞，我有一件事想拜託妳，希望妳不要忘記貝爾拉塔。我們短暫的一生導致研究進展極為緩慢，假如情況允許，是否能藉助妳和同事們的智慧找出方法呢？但就算找不到也沒關係，只要有人記得這個故事，我便心滿意足。

希望有一天，妳在完成長年的探測任務後重返貝爾拉塔，替我看一看這裡的夏天。如果一切順利，說不定妳還能看到生機盎然、充滿活力、所有一切回歸原位、最終甦醒回春的貝爾拉塔。

那時，我已長眠不醒了吧。但我會感受到妳踏上這片土地的腳步，在夢中聽到妳的聲音，想起很久很久以前妳在這裡稍作停留的那些閃亮時刻。

也許，僅憑這些，我就已滿足。

思念妳的同行者

諾亞

認知空間

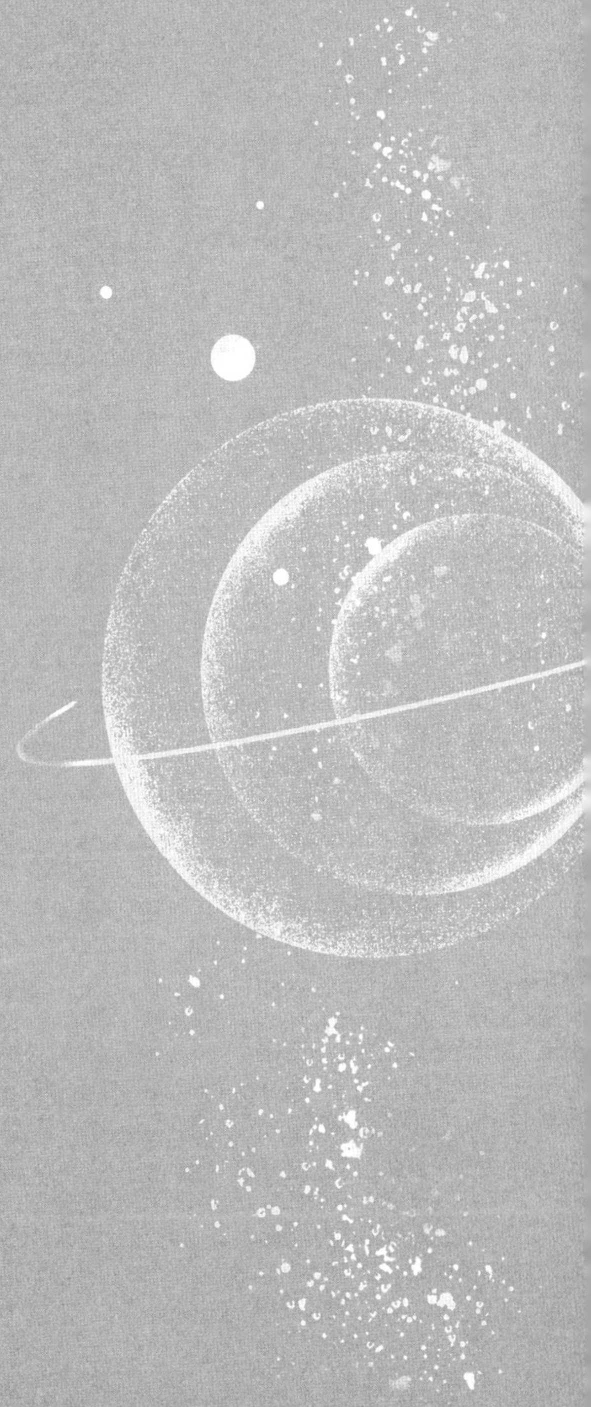

我曾是認知空間的管理者。過去十年來，我獻身於此地，致力於系統化管理共同知識以及開發空間項目。當我宣布要離開時，人們全驚訝不已。有人把這一決定視為背叛甚至汙蔑我，但更多人勸我回心轉意。大家問我，難道還忘不了伊芙嗎？仍為伊芙的死感到內疚，所以選擇離開嗎？為什麼到現在還放不下伊芙拜託的事呢？在大家的發問中，最令我傷心的是這句話。

——珍娜，妳再也不愛這個空間了？看來妳還是被伊芙灌輸的錯誤想法給拐騙！

我真心愛過認知空間，從那些方格裡學習到世上所有的美好。那些方格讓我了解到這個小而團結的共同體，世代相傳的神話，無懈可擊的自然法則，以及這個世界驚人的構造。走在那些方格之間，我的靈魂充滿探索的喜悅。這裡有我畢生所知的種種和未來即將領悟的一切。但即便如此，我還是不得不離開。

——我必須離開。但不是為了伊芙，而是為了我們。

我別過頭去，沒有信心再面對滿是指責的目光。大家都覺得我被伊芙欺騙，認定是伊芙的早逝促使我做出這種荒誕無稽的決定，最終也選擇走上死亡之路。

長久以來，共同體的人們只有強調我們為什麼無法離開空間。但伊芙不同，她解釋了我們必須離開的理由。伊芙不存在於認知空間，只有我記得伊芙和她留下的一切。當我想起伊芙在最後一刻向我投射的淒涼眼神時，我便意識到自己應該做的事。

「只有離開認知空間，才能面對真正的世界。」我向共同體提出這個意見卻帶來衝突和分裂，人們反問我為什麼萌生如此荒謬的想法。但這想法並不源自於我。

這是伊芙的想法。

伊芙出生時非常瘦小。出生沒多久時，大家還以為她只是生長緩慢，直到某個時間點後，她便與同齡的孩子出現明顯差異。共同體的大人們都非常照顧伊芙。我記得五歲時，有人因為絆倒伊芙被大人們訓斥了好幾天。玩遊戲時，伊芙只是不小心被人碰撞到，結果就因此骨折在醫院休躺一個月。對同齡的孩子而言，伊芙的脆弱比老師的訓斥更讓人感到震撼。敏感的孩子們很快便感知到伊芙的弱不禁風，以及大人們對待她的謹慎態度。由於這種脆弱，伊芙成為不受孩子們歡迎的對象。只要伊芙靠近，孩子們就會竊竊私語。無奈讓伊芙加入遊戲的當下，也會有人故意誇張地大喊：「伊芙，小心！」這樣一來，聽到喊聲的大人就會立刻跑來帶走伊芙。孩子們都在嘲笑伊芙。

不知從何時開始，伊芙不去預備學校了，聽說她連家門也不出。任職保育教師的母親很心疼不肯來上學的伊芙，於是囑咐我說：

「珍娜，妳見過伊芙脆弱的手臂吧？妳比同齡的孩子高壯又有力氣，妳得好好照顧伊芙。去勸勸她來學校上課吧。」

出於憐憫卻又摻雜好奇，我爽快地答應母親。我帶著零食去拜訪伊芙，硬是拖拉著堅持不肯上學的她回到學校。我們走在社區裡，無法不去在意其他孩子。起初伊芙不情不願，但後來便放棄似地乖乖跟上我。但重要的是，和我結伴同行時，孩子們的嘲笑聲停止了。這讓伊芙的心中多少舒坦些。

我與伊芙的關係建立在我希望成為聽話的乖小孩和伊芙需要我幫忙之上，但這只是契機，沒多久後，我便真心喜歡上伊芙。漸漸了解隱藏在敏感外表下的伊芙，而她讓我感到十分有趣。伊芙對世界充滿了好奇，她很怕與人相處，但卻對人瞭若指掌。還沒進入空間，伊芙就已熟悉這座城市的地形和街弄。在同齡的孩子中，能知道這些的只有伊芙一人。大家的竊竊私語全是憑空捏造，他們根本不了解伊芙。我不理解為什麼共同體的人只憐憫伊芙，只把她當成一無是處的弱者。近距離觀察後的伊芙根本就是一個無法輕易歸類的孩子。

當同齡的孩子以卑鄙嘲弄伊芙時，伊芙就只是嗤之以鼻。與那些幼稚的孩子相比，我覺得伊芙的態度非常成熟，她只是身體虛弱，其他各方面都十分健全。走在路上，我嘰嘰喳喳地說著那些孩子有多不懂事、多不像話，並稱讚伊芙應對得有多成熟、帥氣。起初還對我充滿戒心的伊芙漸漸敞開心扉，之後更露出燦爛的笑容。伊芙只在我面前露出那樣的微笑，這不禁讓我頓時感到自己彷彿成為某個遊戲中的唯一大贏家。

孩子們捉弄伊芙時，會觀察我的眼色。伊芙和我在一起時，沒有人敢欺負和嘲笑她，但一發現她落單就故態復萌地上前羞辱她。伊芙雖表現得不以為意，但我從她眼中發現濃烈的哀傷。

「伊芙，大人們都說，那群傢伙做的那些爛事很快就會化為烏有的。」

伊芙呆呆地看著我。

「為什麼？」

「我們不是還沒進入認知空間嘛。」

「這和那些傢伙做的事有什麼關係？」

「妳想想看，只要開始學習共同知識，我們就會被一視同仁，在絕對知識面前，所有的差異都會變得毫無意義。那群傢伙很快就會知道妳和他們沒有不同，也會了解自己做過多麼蠢的事。我們很快就要進入認知空間了，不用多久這一切就會結束的。」

共同知識會讓我們忘記小時候存在的差異，以及彼此保留的不同記憶。我以為這樣說就能安慰到伊芙，但沒想到她卻皺起眉頭。

「但就算是那樣，也不可能當作什麼事也沒發生過啊。我所經歷的那些遭遇會去哪？那些事是不會消失的。」

伊芙說完，把石子扔進水坑。地上的髒水四濺，伊芙的衣角也留下髒汙水印。伊芙用手抹了抹，但水印已暈開，衣角顯得更髒了。我看著伊芙，喃喃地說：

「話雖如此，但妳也會忘記這一刻的。」

「為什麼？」

「因為跟共同知識相比，我們現在的感情、想法和日常都太無聊、太單調了，連記住的價值都沒有。我們會迎來更偉大的世界。」

我抬起頭，指向認知空間。

「妳看，它有多雄偉壯觀啊。」

巨大的方格建築，只是遠觀就能讓人感受到壓迫感。大人們說，那棟建築可能出自上帝之手。雖然我不確定上帝是否真的存在，但看到那棟建築時，就隱約明白大人們為什麼這樣說。因為凡人絕不可能把那麼大的方格堆積成建築。我覺得那棟建築本身就已傳達了我們存在的深奧意義。

伊芙搖搖頭。

「我倒不這麼認為。妳一定會失望的。」

伊芙的態度出奇冷淡。我聳了下肩膀。

「妳總把這句話掛在嘴邊。」

「我並沒有排斥學習共同知識。我的意思是，它沒有妳想得那麼偉大。大家都以為那裡儲存了人類所有的知識，但妳看我們，我們都沒有接近認知空間，但妳能說我們現在沒有在思考嗎？就連現在，我也正不停思考，思考我們的共同體。妳能說我思考的內容不是共同知識的一部分嗎？如果不是的話，那是什麼？」

伊芙邊說邊輕拍自己的頭。伊芙的話逗笑了我。

「妳剛才的話是認真的？等到我們開始學習共同知識後……我們現在做的……根本都算不上是思考。」

伊芙瞇著眼沒好氣地說：

「珍娜，妳對沒去過的地方期待也太高了吧。」

「等著瞧，很快就能知道誰說得對了。」

自那天之後，我和伊芙的意見分歧愈演愈烈，多次針對格狀建築展開激烈討論。雖然我始終站在擁護共同知識的一方，但回家後細想，似乎也能理解伊芙對認知空間的複雜感情。大人們過度保護伊芙也是因為方格建築。假如伊芙長大成人後還是像現在這般虛弱，那就無法進入方格建築。然而這種假設卻讓伊芙現在失去許多機會。伊芙的父親得知同齡的孩子欺負伊芙後，常擔心伊芙會被施暴，於是乾脆把她關在家裡。

預備學校如同戰場，大人們之間的爭執與分裂少得令人驚訝，相反的，孩子們之間的矛盾卻從未停止過。在學校，只有我孤身一人保護伊芙。我非常憧憬伊芙的成熟，能夠保護憧憬的對象，讓我產生了一種難以言喻的自豪。身處不同位置的我們擁有彼此想要的東西，這促使我對伊芙產生某種特殊的感情。

但直到十二歲，我和伊芙的世界漸漸分離。剛滿十二歲，為了確認是否有資格進入認知空間，是否能夠在建築內部自由移動，我們便接受身體發育檢查和簡單的運動測試。除了特殊情況外，大部分的孩子都達到身體標準，但只有伊芙未能達標，因為她還和當年一樣矮小瘦弱。醫生說伊芙尚未停止生長，可以一年後再做檢查。

共同體的人們開始不曉得該如何對待伊芙了。雖然之前也有因事故或疾病難以接近認知空間的人，但從未有過像伊芙從一開始就沒有資格進入空間的情況。在我們的世界裡，所有具價值的事物都與認知空間息息相關，因此無法進入認知空間就意味著沒有伊芙可以做的事情。伊芙能感受所到之處人們向自己投射而來的同情目光，她似乎也不知該如何面對大家的反應。我非常同情伊芙，但面對她時，還是盡可能佯裝成若無其事。我知道伊芙希望這樣。

隨著進入認知空間的日期越來越近，我也變得更加不自在。儘管醫生說再等一年，但我和伊芙都明白明年的情況也不會有所改變。而第二次體檢的結果也相當不如人意。

第二次體檢後我遇到伊芙，很擔心她委靡不振，小心翼翼地打了聲招呼。

但伊芙直視我的眼睛說：

「珍娜，妳不需要同情我，我真的沒事。」

伊芙的這種態度讓人覺得非常詭異。當我意識到哪裡不對勁，並再次開口說出「伊芙」兩字時，她立刻打斷我的話，又補充一句：

「因為認知空間沒什麼了不起的。」

我啞口無言。如果再過一段時間，或許我就能理解那天的伊芙和她表現的那種態度了。但當時的我尚且年少，所以聽到這種發言立刻產生反感情緒。伊芙觀察著我僵硬的表情說：

「我之前就說過，認知空間沒有全部的知識，它只儲存一小部分的人類知識而已。我知道認知空間存在局限性。」

我暗自嘲笑伊芙，打從心底不同意她對從未去過的地方的說法。

「伊芙，一定有方法讓妳進去的。就算妳這麼說，但只要體驗過認知空間的知識……」

「不，我不需要體驗。那裡連星星的一小部分都裝不下。」

伊芙聳聳肩，自信滿滿地說。

「不信的話，我們就來數一數？」

我盯著伊芙，對她的話產生了好奇。

那天晚上，我和伊芙針對方格能裝下多少星星打了賭。我說方格可以裝下夜空中所有的星星，但伊芙卻堅稱方格存在著局限性。起初我們只是意氣用事，但很快便認真起來。正如伊芙所言，一望無際的夜空掛滿了數以萬計的星星。與之相比，儘管方格建築巨大無比，但仍存在邊界。那些關於方格局限性和可能性的問題在我心裡激起混亂。難道真如伊芙說的，認知空間存在局限性？我感覺伊芙在我的腦海中種下一顆不容忽視的疑問小種子。

距離進入認知空間還有一個月，我和伊芙來到視野開闊的公園。我們在很適合觀測夜空的地方針對共同知識的層面和範圍展開討論，但打賭仍舊沒有得到一個結論。我第一次長時間地觀測星空，但怎麼樣也數不清星星的數量，每天升起落下的三個月亮周圍也布滿繁星，有時是一百顆，有時是一千顆，有時甚至超過一千顆。雖然我和伊芙劃分區域數著星星，但隨著時間拉長，我反而覺得這個打賭可能從一開始就無法成立。我們根本還不知道認知空間有多少方格，所以這場爭辯最後只能模稜兩可地結束。

儘管如此，我還是喜歡和伊芙聊天的所有時光，方格能裝下多少星星已經不重要了。無論結論如何，我們依舊是朋友，每天還是會像現在這般討論世界上無窮無盡的知識。

但沒過多久，在我進入認知空間後，便意識到我們的爭論是多麼無意義的一件事。伊芙說方格存在局限性，但我親眼所見的認知空間並非如此。方格是我們擁有的一切，是我們的整個世界。

認知空間有很多名字，立方系統、共同知識區、方格建築，有時還會簡稱為方格或者空間。無所謂名字，重要的是它是實際存在的空間。認知空間的結構可以看作是由六面體的框架堆疊而成的，又或者是固體的立方晶格。正如構成晶格的原子，框架的交界處也存在著晶格點，知識會被精準地記錄在凹陷或凸起的晶格點上。

思考是空間性的，概念排列在方格之中。方格建築是將我們的想法實體化的媒介。這個巨大認知空間裡的六面體框架內部還存在許多小六面體，這些小六面體則由更小的六面體構成。這些六面體與晶格點的資訊排列呈現出特定概念。我們透過肉眼讀出三次元的方格排列，以此來識別資訊。

據推測，人類在早期靈長目分化的過程中，產生方格認知能力。也就是說，我們的大腦已將解讀複雜型態資訊的能力內化了。神經科學領域的發現指出，這種型態的方格認知能力很難自然產生。其證據就是，在我們的星球上，除了人類以外的動物都無法解讀方格資訊。在資訊科學尚未發達以前，人類在沒有理解方格資訊原理的情況下，出於本能性的利用認知空間記錄和學習知識。但即使是在展開針對人類認知體系研究的今天，關於方格認知能力的細節原理，仍然存在著許多未知的部分。

針對有別於將長期記憶儲存在獨立有機大腦中的非人類動物，僅人類擁有這種特殊思考體系的原因，學者們也未能統一定見。但一直有學者提出假說，認為人類的大腦構造存有其發展限制。支持這種「天生受限」說法的人們僅以認知空間歷史紀錄中，刻印在「最初方格」上的內容為證據，堅稱在人類物種分化初期，有比人類更為進化的智慧生命體介入了人類的大腦進化。根據受限理論，方格在我們存活於這個星球以前就已經存在，且不是人類，而是其他的智慧生命體建造出認知空間。這個空間在我們理解並命名它為方格之前，就與這個星球的文明共存了。

但因為方格沒有說明其他智慧生命體是誰、牠們為什麼要介入人類的大腦進化、為什麼要建造這個空間，以及假設他們真的比人類更有智慧，但為什麼全部消失的原因，所以激烈的爭論一直延續至今。得到最多支持的假說是，人類物種本身就是這個星球的實驗結果，存在明顯差異的人類與非人類動物的思考體系足以解釋這一論點。但就算這種假說正確，那進行如此大規模實驗的人又是誰？以及他們現在身在何處？一切仍舊是未解之謎。

無論認知空間是何時、以何種方式存在，我們都透過它克服大腦的極限。人類的有機體大腦存有明顯的局限性，大腦所儲存的有意義的記憶僅能維持一到兩天而已。個別有機體大腦能夠長期儲存的記憶，也只不過是一些瑣碎小事，或是身體透過反覆動作進而習慣的記憶。認知空間克服了有機體大腦的局限性，幫助我們永久地儲存住知識。唯有透過認知空間，知識才能代代相傳。雖然這看似劃定我們的局限，但從另一種角度來看，這也意味著我們的記憶永遠存在於認知空間，不會消失。

認知空間以水平和垂直延伸開展。為了自由地探索從抽象到具體的知識，穿梭於學問之間，就需要能夠在方格上快速奔跑的強健體魄和聰慧的頭腦。這個由無數個立方體堆疊而成的空間就好比是一座思考迷宮，我們穿梭於由數以萬計的概念通路交織而成的格網，吸收知識，進而展開思考。當我們在認知空間迷失方向時，就等於是在思考中迷路一樣。就算腦海中的想法一閃而過，但認知空間則永遠不會消失。

認知空間呈現的世界震撼了我。我樂此不疲地穿行在概念網之間，雖然學習空間整體的排列方式和基礎知識花費很長的時間，但想到此生能暢遊在這個浩瀚的知識海洋，我的心便激動得撲通猛跳。認知空間擁有藝術、哲學、神話和科學等不計其數的概念，我的世界將透過認知空間獲得無限的擴展。

我們在進入認知空間後接受了轉換思考方式的訓練，書記官告訴我們，在這裡不是要掌握概念本身，而是要將認知空間視為外接硬碟式的大腦。我們的有機體大腦連需求空間極少部分的知識都裝不下，但熟悉認知空間內部的思考方式後，我們的思維將不再局限於頭蓋骨內的大腦，而是擴展至整個認知空間，之後便可迅速地接近空間的任何資訊，不再依賴有機體大腦，僅利用認知空間的概念進行思考，同時也可直接在空間記錄和排列資訊。

我沉迷在認知空間中，像海綿般吸收著知識。在這個廣闊無垠的知識世界裡，我僅是一個微不足道的個體，但只要勤奮地學習並且成長，我所擴展的思維就可編入這個知識世界。只要心想到此，我便興奮不已。儘管知識無法在腦海中保留超過一兩天，但只要儲存這些知識後，便能很輕易地勾畫出所需的概念地圖。

伊芙未能和我一起經歷這些事。

即使又一年過了，伊芙仍沒有獲得進入空間的許可。醫生說，伊芙的生長已經停止，更不幸的是，她的骨骼和肌肉都太過脆弱，根本無法使用支架，所以不可能進入認知空間。醫生的診斷就好比宣告：伊芙永遠也不可能成為大人了。聽到如此絕望的宣告後，伊芙仍舊不以為然地說：

「沒關係。反正我打算加入探測隊，探索認知空間以外的世界。我們要探索的世界不是只有認知空間而已。」

但問題是，伊芙根本無法加入探測隊。要想探索外部世界，就需要具備脫離共同體時所需的求生知識，而這些知識都儲存於認知空間。探測隊員們在出發前需掌握知識，但這對伊芙來說是不可能的，因為沒有人願意每天花時間把這些知識反覆地傳授給伊芙。

書記官們討論後，為伊芙製作了能接近方格資訊的特殊爬梯。但伊芙無力攀登爬梯，所以還需要其他的輔助裝置。僅製作爬梯和輔助裝置就耗費共同體相當多的資源，但結果卻只能讓伊芙接近最低層的方格。通往高處的爬梯不僅對伊芙而言非常危險，也有可能損傷方格建築。伊芙能接近的資訊就只到最低層的、共同體生活所需的宗教、禮儀、耕作和畜牧等的基礎知識。

我不清楚伊芙當時的想法。我猜測不到伊芙的心情，也不知道自己能為伊芙做些什麼。在我穿梭於龐大的方格之間，熟悉排列概念的規則時，伊芙就只能在空間的最低層仰頭望著我。根據記錄資訊的立方體的規模，抽象的等級也有所不同，越是具體的資訊，越是會被記錄在越小規模的方格裡。因此無法接近方格，只能遠觀整個空間就意味著只能從表面理解概念。即使伊芙知道這裡存在著概念與資訊，卻無法近距離地理解它。面對這樣的伊芙，我感到既內疚，又非常不自在。

我與伊芙相處的時間漸漸縮短。我感到這是自然卻也無奈的一件事，因為就算伊芙能進入認知空間，我們也不可能像小時候那般每日結伴同行。伊芙始終是我唯一的朋友，我們偶爾還是會像從前一樣見面交流彼此的近況。那段時間，伊芙開始跟父親學習裁製衣服，她似乎打算在父親的服飾店幫忙。雖然伊芙嘴上說非常滿足於現在的生活，但我知道她還是每天夜裡到公園，一人獨坐在那仰望夜空。

「珍娜，給我講講宇宙的事吧。」

每次見面時，伊芙都會這樣拜託我。

與星星有關的知識都在方格建築的最頂層。因為我們的共同體只關注在地表上所需的實用知識，所以研究天體的人屈指可數。儘管如此，我還是知道有幾個人以天文學家的身分穿行在方格建築的最頂層。為了滿足伊芙的好奇心，我以參觀為藉口去到儲存天文學知識的最頂層。那些知識太艱難，講解的是遙不可及的空間，所以只有在充分了解其他科學後才能徹底理解。但我還是每天爬上去，學習能給伊芙講解一天的知識。

伊芙聚精會神地聽我講解完，然後一臉困惑地問：

「關於夜空的知識就只有這些嗎？」

「因為還有許多問題比宇宙更重要。」

「還有比搞清楚文明的起源和我們來自何處更重要的事？研究夜空的人這麼少，這也太奇怪了吧。」

「妳的意思是我們來自夜空嗎？」

「嗯。人類的起源並不在這顆行星。」

我很好奇伊芙為什麼會這麼想，但在發問前，我猶豫了片刻。我覺得無論伊芙說什麼，就只是沒有依據的想像。因為能夠接近起源假說的人不是伊芙，而是我。況且據我所知，學者中也沒有人認為我們來自這顆行星之外的地方。

「就算妳說得對，但我們也無法前往宇宙，那裡沒有認知空間。離開這裡，我們就什麼知識也沒有了，可能變得一無是處，連禽獸都不如。」

伊芙聽到我的話，露出不滿的表情，但卻沒有反駁。我想知道她是不同意我的說法，還是在思索其他的事，於是開口問道：

「我說錯了嗎？」

伊芙的眉頭稍稍一蹙，看著我說：

「珍娜，我雖不能像妳一樣自由穿梭在認知空間，但我可以肯定，就算是沒有任何知識的人也不會一無是處的。」

我恍然大悟意識到自己的錯話，但就在要開口道歉時，伊芙接著說道：

「而且就算沒有認知空間，我們也能把知識帶向宇宙。」

「這怎麼可能？」

我反問道。伊芙用舉棋不定的眼神盯著我看了半天，跟著垂下視線。片刻沉默過後，伊芙起身離去。

我留在原地看著伊芙離開後的空位，然後抬頭看向夜空，兩個月亮和點點繁星映入眼簾。浩瀚的宇宙下，我們的認知空間牢牢地固定在這顆星球上。正因為如此，我們才無法離開這裡。伊芙到底在想什麼呢？

隔天，我們又在公園見面。我原本很擔心伊芙為了昨天的事而悶悶不樂，但沒想到她看起來心情格外不錯。伊芙把自己的想法告訴我。

「珍娜，如果認知空間可以帶上去呢？」

伊芙說著，指了指天空。

「怎麼可能？」

我不屑一顧地回答。

「我們都以為認知空間是固定的，但如果它不是呢？如果它可以移動，可以拆解呢？」

「伊芙，妳看看那個建築。沒有人可以移動那麼巨大的建築，除非是上帝。」

伊芙看到我的表情，閉口不語。我突然感到異想天開的伊芙好可憐，她不是在開玩笑，而是很認真地講出如同夢想般荒唐至極的想法。

我揣測著伊芙萌生此種想法的原因。伊芙每天仰望自己無法抵達的最頂層，視線最終延伸至比最頂層更高的夜空。就這樣，伊芙懷揣起越過建築前往宇宙的夢想。但我們只能仰望夜空，不可能前往宇宙。宇宙看似觸手可及，但那距離我們非常遙遠。真相總令人感到悲傷，但我們也只能接受它。

那天之後，我偶爾還是會跟伊芙碰面，但卻無法再像從前那般面對她了，我們之間產生如同真空般的距離感。每當看到伊芙若無其事地講述移動空間的想法，我內心深處的某個地方就會瓦解崩潰，隨即又被悲傷和絕望填滿。

伊芙曾是我最親密的朋友，我無法想像沒有她相伴的日子，但當下我們的世界正發生劇變。母親曾告訴我，長大就等於是學會獨處。開始分化的兩個人根本無法徹底理解對方，正如我和伊芙。自從得出這樣的結論後，我與伊芙的見面次數也漸少。我努力說服自己，放棄老朋友也是成長必經的一部分，世上沒有不變的關係。

但現在回想，我並沒有認真聆聽過伊芙的想法。有時覺得，自己明明也可以有另一種選擇，若是我認真思考過伊芙的話，陪她一起做她想做的事，利用幾個小時傾聽她提出的移動認知空間的想法。如果這樣做，伊芙就不會那麼快離我而去。

成年後，我勵志要成為認知空間的管理者。管理者除了學習知識，還要記錄和再配置連結網。認知空間的管理者們透過不斷優化方格資訊網和重新排列知識進行擴張認知空間的可能性，這就是我想做的工作。

那時伊芙和我約在公園，我剛開始接受管理者培訓，滿腦子想的都是方格資訊網的事。看到日漸消瘦的伊芙，我除了感到心痛卻沒多想，因為無暇顧及其他事。但就在那天，伊芙見到我，立刻提起那件事。

「珍娜，妳聽我說，我終於可以證明方格是不穩定的。」

我洩了氣，因為這件事伊芙已經講過無數遍。就在我希望結束這話題時，伊芙又接著講下去：

「這件事真的非常嚴重和重要，妳知道我們的集體記憶正在衰退嗎？」

伊芙露出自信滿滿的表情，而我卻冷漠地回答說：

「這有什麼好訝異的。為了更有效率的使用空間，當然只能刪除不必要的記憶啊。」

這不是什麼新鮮事。認知空間不屬於個人，所以當某些共同體的概念較少被使用，那麼不必要的資訊也會被其他的資訊取代。管理者和書記官達成協議後會精密地進行刪除操作，因此才不會發生重要資訊流失的問題。

「不，那不是不必要的記憶。我們珍藏的記憶正在消失……」

伊芙在公園燈光下閃動的眼眸，彷彿在向我呼訴著什麼。伊芙指向夜空說：

「我是說第三個月亮。」

我抬頭看望天空，只見兩個月亮懸掛在黑暗中。伊芙迫不及待地說：

「我走在街上逢人便問，是否記得月亮和雙胞胎的故事。最初這個星球出現時，有一對雙胞胎姊妹治理地上世界……」

「沒有人不曉得這個故事吧。況且認知空間隨處可見儲存著這個故事的方格，大家都知道的。到底什麼消失了？」

太陽閃焰爆發時，雙胞胎姊妹為了保護這顆星球奮不顧身地衝向太陽，之後她們變成夜空中的兩個月亮。這是孩子們在預備學校就聽過的神話，也是人們口耳相傳的傳說。因為故事具備歷史價值，所以被永久儲存在認知空間的最低層，成為所有人的記憶。伊芙到底要怎麼用這個故事證明方格的不穩定性？

「妳覺得這就是全部嗎？」

伊芙問道。

「珍娜，妳仔細想想，月亮不只是雙胞胎啊。」

「嗯？」

「現在共同體的孩子們就只把這個故事當成兩個姊妹的故事。」

「那怎麼了？夜空的確有兩個月亮啊……」

「妳看，連妳也忘了。月亮姊妹明明是三胞胎，我們小時候看到的是三個月亮。那些天文學家肯定知道這件事。」

伊芙好像生氣了。

「妳聽好，我們共同體的記憶已經變形。自從第三個月亮從夜空中消失以後，人們就再也不談論它，彷彿第三個月亮沒有存在過。現在連最初的記憶也被一點一些地抹去。」

我頓時感到驚慌，在聽到伊芙的這番話前，我腦海中的確沒有關於第三個月亮的記憶。但就在剛剛，面前突然浮現出三個月亮懸掛在夜空中的畫面。伊芙似乎在等我想起什麼，等我承認她的證明是對的，但我隱藏起僵硬的表情。我無法相信認知空間存在不穩定性。

那天晚上，我前往認知空間。

正如伊芙所言，在天文學知識所在的最頂層，的確儲存著關於過去十年間逐漸遠離我們，直到最後幾乎看不見的第三個月亮的資訊。天文學家的紀錄指出，與行星產生不穩定相互作用的第三顆衛星在其他天體影響下出現軌道變形。但就僅僅這些內容而已。原本第三個月亮看起來就很小，所以在觀測分析後認為它與其他星星一樣，是不會對這個星球造成重要影響的天體。消失的第三個月亮在這個星球上沒有留下任何痕跡，儲存在認知空間最低層的傳說，也根據共同體的集體記憶變形成雙胞胎姊妹的故事。

伊芙的話一半對一半錯。認知空間依然儲存著關於第三個月亮的資訊，但與此同時，共同體正遺忘第三個月亮。認知空間儲存的記憶等於是共同體記憶的平均值。除了極少數天文學家外，幾乎沒有人會到認知空間的最頂層查看這些天文學的概念。如果故事漸漸被遺忘，那麼關於概念的記憶也會衰退。

那天分別時，伊芙對我說：

「共同知識連第三個月亮都無法儲存，連這點空間也不肯留。妳還認為共同知識能儲存我們所有的記憶嗎？」

我無法反駁，但伊芙的話越想越讓人覺得反感。這重要嗎？大家記住一個對這裡不具備任何意義的小天體有那麼重要嗎？

那天後，我開始躲避伊芙。每當想起伊芙說不會把自己的大腦交給共同知識時，我就感到痛苦異常。如果承認伊芙的話是對的，那至今為止我所獻身的空間意義何在？伊芙幾次登門試圖說服我，但我就是不想跟她講話。

也許伊芙是因為不能利用認知空間，出於氣憤才故意貶抑它。但這麼做之後呢？就算認知空間存在缺陷，但它是我們所擁有的一切。離開空間，我們不就變得一無所有嗎？伊芙從一開始就只是在提出沒有對策的問題。

翌年，我透過伊芙的父親得知伊芙的死訊。

伊芙獨自徘徊在外部世界時，不幸遭到野獸的襲擊。探測隊尋回伊芙的遺體。這件事發生在距離我們最後一次碰面的半年後。

「珍娜，謝謝妳。如果沒有妳，伊芙真的會過得非常不幸。」

伊芙的父親這般說道。我不知道該作何回應。這真的意味伊芙沒有過得不幸嗎？伊芙在我身邊有幸福過嗎？是我把伊芙逼往絕路的嗎？她到底想在認知空間外面尋找什麼？無解的疑問把我推向了懸崖峭壁。

伊芙死後，我深陷混亂之中，根本無法專心工作。有一天，我無精打采地走在方格上，結果一腳踩空跌落到地面。這是之前從沒發生過的事，所以大家都很擔心我。雖然傷得不重，但醫生仍建議我暫時不要進入空間，好好休養。醫生說：

「妳得放下這件事。伊芙不幸離開並不是妳的錯，有時發生意外不是任何人的錯。雖然伊芙的痛苦很令人惋惜，但那是她的宿命，並不是妳能解決的問題。」

伊芙的痛苦是她的宿命，這句話令我思考良久。我知道醫生這麼說是為了安慰我，但聽起來也像是在勸我趕緊忘掉伊芙。記憶正快速消失，我能感受到人們已經開始遺忘伊芙。學者們最終決定不會將與伊芙有關的記憶永久儲存在方格裡。雖然伊芙暫時會被保留在空間的某一個地方，但日後肯定會被新的資訊所取代。所有的記憶都在褪色，只有禁得起時間考驗的記憶才會永久留存，沒有價值的記憶最終只能被抹去。

我突然明白了這個悲傷的真相。伊芙也將像第三個月亮，漸漸淡出人們的記憶，隨著集體記憶的衰退而消失。

伊芙的父親看到我拄拐杖站在門口，一臉驚訝地查看起我的傷勢。看到我僵硬的表情，伊芙的父親彷彿明白什麼似地點點頭，接著帶我去小屋。服飾店一旁另建的小屋屋內亂糟糟的。伊芙的父親說：

「伊芙很想製造一個屬於個人的認知空間。」

小屋隨處可見執行實驗的痕跡。伊芙想要製造的是一個固定在透明球體內的認知空間。球體內部固定著仿照認知空間的小方格，透過轉動連接外部的手柄就能改變晶格點的紀錄。

「伊芙給它取了個名字叫作星球。」

我一眼就能看出伊芙出於什麼樣的想法才製作出這個東西，但由於做工粗糙簡陋，未能徹底展現出伊芙的構想。伊芙製造的星球容量極小，僅僅只能儲存生存所需的知識。看來伊芙是打算把它牢牢地綁在身上，然後加入探測隊。但與認知空間提供的知識相比，伊芙的星球顯得既微不足道且不堪一擊。伊芙最終未能加入探測隊，但她始終沒有放棄前往宇宙的夢想。

我仔細端詳伊芙的星球，回想起一段沉睡於有機體大腦深處的對話。

——珍娜，看來我們的思維只能存在於頭蓋骨之外這件事已經成為不變的事實，但如果我們能帶著認知空間前往更遠的地方呢？既擁有共同的認知空間，也擁有個人的認知空間呢？

——認知空間提供所有的知識，為什麼還需要製造個人的認知空間？

——記住所有的星星，一個認知空間太小了，我們需要分開儲存那些記憶。

我思考許久該如何處理伊芙的星球，它是伊芙小小的大腦，是沒有帶來任何改變就離開、即將被所有人遺忘、屬於伊芙的小小的認知空間。

但是，如果我願意，我可以透過這個星球記住伊芙。

我把伊芙的筆記本帶回家，翻看時發現一些潦草的內容，那是部分用圖畫，部分用模仿認知空間的文字所做的紀錄。雖然解讀這些非立體的方格文字很耗費時間，但還是能掌握其意。伊芙記下，如果能攜帶認知空間前往宇宙，離開這個星球去探索更遠的星球，以及也許某個星球是人類最早生活的地方等等的想法。

伊芙是真心想去尋找我們的起源。

我分析伊芙留下的研究紀錄，繼續銜接起她的實驗。伊芙因為不能利用認知空間，所以向能夠請託的人們詢問各種知識。我後知後覺，這才明白伊芙為什麼有時向我問的不是關於天文學的知識，而是如何排列認知空間的框架和劃分抽象資訊的方法。

大家看到我埋頭忙起荒唐的實驗，都認為伊芙的死給我帶來非常大的衝擊，他們甚至指責伊芙的父親無視共同體的美德，埋怨他給我看了伊芙的星球。有限的認知空間無法儲存所有的記憶，被記錄下的不是人們短暫的一生，而是那些不變的、自然的法則和道理。為了記住伊芙，我只能離開認知空間。

過去的幾年裡，我同時進行著認知空間和星球的研究，透過擴展、轉換伊芙的想法，將星球改造成具有實際效應的個人認知空間。當我首次向共同體展示伊芙的星球時，眾人就像對待褻瀆神明的人般對我指指點點。有人說，伊芙的星球只會讓每個人擁有不同的知識，最終引發共同體的分裂，而真理不可能誕生於紛爭中。

人們始終相信所有人的認知中應該儲存的是相同、不變的真理。但星球真的會帶來分裂嗎？也許擁有星球的我們在看到相同的方格時，的確會產生不同的想法。即使徘徊在認知空間，說不定也會透過各自的星球對真理做出不同的詮釋。如果真是如此，星球帶來的可能不是分裂，而是另一種探索真相的方法。

如果這個認知空間真的是我們擴展的思維，那它為什麼不能儲存我們每一個人的靈魂呢？

臨行前，我來到小屋幫忙整理伊芙的房間。倉庫裡還留有伊芙試做的幾個星球，很多星球都是可逆向更改晶格點的設計，唯獨一個與我有關的星球是無法更改晶格點的。那個小小的認知空間儲存著我和伊芙相處時的記憶，我現在的記憶當中很大一部分是依賴伊芙的記憶。我無法確定那時我講了什麼，是否面帶微笑望著伊芙，但我清楚地記得伊芙說過的一句話：

「我不會忘記第三個月亮，也不會忘記妳。」

如果當時我也能做出同樣的回應該有多好，但我就只是笑笑，因為當時的我認為誰也無法保存個人的記憶。但現在，我可以用同樣的話回答伊芙了。

我現在已經離開認知空間，來到外部世界，但目前還無法確定自己會見證什麼，以及離開認知空間後是否還能維持完整的思維。若想說服大家我們需要個人的認知空間，就必須提供證據，而首例證據就是我。

我回頭望向愈見愈遠的方格建築。午夜時分，書記官按壓三下認知空間的照明開關，燈光忽明忽暗三次。當燈光熄滅後，我第一次看到黑暗中的方格建築。那就是我們的共同記憶，我們曾經擁有的一切，也是我剛剛離開的世界。

假若伊芙此時與我同行的話，她會說些什麼呢？

黎明破曉時，我會記住什麼，也將遺忘什麼，我無從得知這個小小的星球會留下什麼。

當我抬起頭，看到繁星璀璨的夜空，內心充斥的恐懼這會才好似細沙流淌出體外。我終於理解我的老友。

夜空中掛著數以萬計的星星，我們的認知空間無法承載所有的星星。但如果我們分開來記載，也許就能描繪出整個宇宙了。最終，我們會去想像這個星球之外的世界。那麼終有一天，我們將動身前往宇宙。

最後的萊伊歐妮

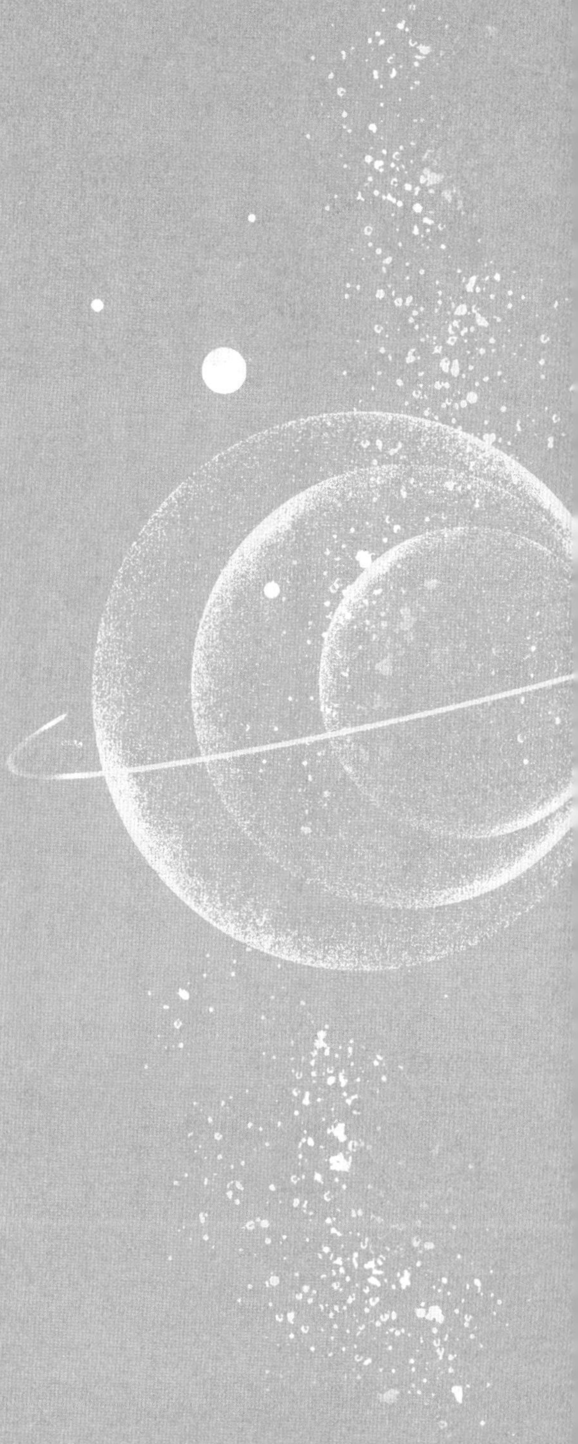

我意識到獨自一人前來此處是個錯誤的判斷。當初魯智提議要陪我一起來的時候，我就應該同意。無論是勇氣、膽識還是生存知識都不足的我，為什麼要堅持獨自行動呢？我很後悔，但也有非這樣做不可的理由。我想向自己、向大家證明一件事——身為洛蒙人，我並不軟弱，也可以面對滅亡的現場。我只要安全地勘查系統專門指派給我的未知場所並且平安返回，就算是完成任務了。但是僅以證明為目的前來這種地方，也未免太過危險了。

在過去三天裡，我遭遇了四次危機。不知道為什麼，這裡設了諸多陷阱。每次面臨危機時，我都備感恐懼，甚至會癱坐在地上想像自己最後變成屍體被蟲子吞噬。有好幾次我想就此放棄立即返回，但我深知其他勇敢的洛蒙人肯定不會這樣做。此外不幸的是，這裡的構造就像迷宮般錯綜複雜，我徹底迷失了方向。我竭盡全力尋找出口，但不知為何卻反而將自己推向了迷宮的更深處。昨天我還不願承認，但今天已意識到自己在同一條通道走了五遍。都怪我把日誌的形式從地圖轉換成了語音，所以記錄下的路線紛亂成團。

如果我卡在扶梯上死了或下落不明，朋友魯智將直接獲取查詢該紀錄的權限。我很想和她說聲對不起，害她來處理這些麻煩的後事。是啊，魯智，我真應該聽妳的，下次我一定會聽妳的話。可那也得有下次才行吧。

好吧，我要重新開始記錄了。

今天是勘查 3420ED 居住區的第十天。3420ED 的面積非常大，但與這種規模很不符的是，周圍一片寂靜，只能看到幾艘不知要瞄準誰的艦艇、地雷和電漿保安系統。居住區內部也找不到任何與過去文明有關的線索。從高聳的建築和橫穿建築的圓筒形道路等龐大的建築物殘骸可以推測出，這裡曾經有過非常繁榮的文明。但很奇怪的是，這裡就像被清理過一樣，很難找到任何能推測人們生活狀態的物品。似乎有人故意抹去這些人的痕跡。我無從得知擁有這種怪異潔癖的人是誰？以及最後居住在此的人都去了哪裡？

兩個月前，我聽聞到有關這裡的消息。魯智對流傳在洛蒙人之間的傳聞無所不知，是她告訴我在遙遠行星系存在著一處可疑的宇宙居住區。從附近經過的探測船最先發現這裡，僅從外觀便推測此處是超過千年以上的人工建築區域。由此可見，這裡曾經擁有不亞於現今的先進技術文明。

學者們將這裡命名為3420ED。因為行星系已經沒有可以居住的星球了，所以獨自漂浮在第三軌道上的3420ED引起了眾多洛蒙人的關注。長期以來不為人知的龐大、孤立的文明在滅亡後，時隔許久又突然現身，著實刺激了陰謀論者和歷史學家們的好奇心。有傳聞稱，幾名勇敢的洛蒙人不顧危險，申請到靠近此處的許可，但在準備將太空船與居住區對接的時候，卻突然落荒而逃了。他們解釋說居住區到處都是變異的外星昆蟲，很多洛蒙人也相信他們的話。但就正在這進行勘查的我看來，不要說變異的昆蟲，就連有機物的影子也看不到。

眾人很快便對3420ED失去了興趣。因為以洛蒙人的標準來看，這裡雖然是各種傳聞的發源地，但傳聞僅限於傳聞時才更有趣。事實上，這裡並不存在什麼特別的稀有資源，也沒有人委託尋找資訊，所以這裡成了沒有必要勘查的「無滅亡價值」

場所。

朋友們勸我不要來此處，都說這裡沒有勘查的價值，且尚未利用粉塵淨化過仍存在著危險。洛蒙人比銀河系中的任何一個種族更喜愛冒險，與此同時，洛蒙人也非常善於計算風險。如果某個地方只存在危險，卻沒有任何與冒險相應的回報之處，他們是連看都不會看一眼的。

也許朋友們的話是對的，我應該學習洛蒙人的這種態度。我持續走了四天，但仍沒有找到任何有意義的線索，我突然覺得自以為能在這有所發現的自己真是糟糕透頂。

日期不詳。也許是在距離上次記錄的三天後，也許過了更長的時間。電子液晶手錶損壞，雖然勉強啟動了斷電裝置，但也不知道還能堅持多久。

我遭到攻擊失去意識，昨天才醒來。攻擊我的是機器人，我還以為這裡只有很久以前滅亡的人類所設下的陷阱而已，顯然一開始認為此處無人居住是錯誤的判斷。這次又失誤了。我的紀錄裡總是「誤判」和「失誤」……。

這些機器人在3420ED錯綜複雜的迷宮最裡端建造了屬於它們的簡樸文明。以系統提供的資訊來推測，曾於此建造龐大文明的人類全死於傳染病，而這是很久以前的事了。但這些機器人沒有感染且存活下來占據了部分地區，它們之所以沒有占據整個居住區，也許是因為沒能清除人類設下的陷阱，否則就是不需要如此大的空間。

我也聯想到機器人革命的可能性，說不定最初記載此處是因傳染病而滅亡的資料就是錯誤的報告。我曾經去過兩次因機器人革命而滅亡的星球並參與回收工作，那些地方的情況與這裡相似。機器人清空道路上所有礙手礙腳、礙眼的腐爛有機物，在它們取代人類統治的區域，很難發現任何暗示人類存在過的有機物或殘屍，甚至找不到一件留有人類指紋的小用具。

不過目前資訊不足，所以很難判斷，況且這裡的機器人並不具備發動叛亂的攻擊性。雖然它們把我關進密室，但沒有攻擊或虐待我。不僅如此，它們還讓密室的空氣質量維持在適合人體的標準，所以就算沒有輔助裝備，我也可以正常呼吸。這些機器人不需要空氣，顯然它們有意救下我。如果非要說虐待的話，它們不過在我喊口渴的時候，提供了帶有爛雞蛋味道的臭水而已。

塞爾，綁架我的機器人介紹自己名叫塞爾。從機器人的對話得知，塞爾似乎是它們的隊長，管理整個居住區的系統。塞爾是一個失明的機器人，準確地說，它是一個失去感光裝置的機器人。在這荒廢已久的地方，想必很難找到替換零件。塞爾全身金屬表面上陰刻著非常流暢且細膩的圖紋，由此可見它先前的地位，但現在的它全身上下都是極為不搭配的零件，看上去十分滑稽可笑，就跟丟棄在廢品站的機器人一樣。淪落成機械凱美拉的塞爾搖搖晃晃地移動著，因為看不見，所以總是走走停停，動作十分不自然。每次撞到什麼的時候，都會發出叮叮噹噹的聲響。

塞爾昨天和今天都對我說：

「萊伊歐妮，妳是萊伊歐妮。」

初次見面的時候，它就對我說：

「萊伊歐妮，妳終於回來了。」

「你在說什麼呢？」

我否認自己是「萊伊歐妮」，並且解釋自己不過是來勘查的洛蒙人。話音剛落，它們就把我關起來了。真是有夠荒謬的。

我猜萊伊歐妮應該與這裡的滅亡有著密切關聯。難道這些機器人認為是我讓此處滅亡的？它們怎麼會得出這種結論呢？它們送來像是儲存了幾十年的罐頭，我全乖乖地吃下。根本無法溝通的雙方，使我很擔心嘗試對話只會讓情況更糟糕，所以盡可能地避免與它們說話。雖然我好幾次鼓起勇氣說出：「喂，放我出去」，但這些機器人就只是用沒有感情的眼神呆呆地盯著我看。

我覺得除了那個叫塞爾的、瘋掉的隊長以外，其他人都知道我不是萊伊歐妮，因為它們從來不叫我萊伊歐妮。那麼它們為什麼不肯放我出去呢？不知道這些機器人想從我身上得到什麼，所以我更加混亂了。

——塞爾，你想要什麼？

——安全地帶我們穿越隧道，帶我們去妳居住的地方，這是妳之前答應我們的。妳是我們的主人。為什麼妳都不記得了？

——如果你們只是想逃離這個行星系，我絕對可以幫忙。我的回收船就停在外面，我可以帶你們穿越隧道。但有一點你們必須搞清楚，我不是你們的主人。

——我很清楚，妳就是萊伊歐妮。

——我不是萊伊歐妮。拜託，你搞清楚點。

——妳就是萊伊歐妮，妳是為了救我們而回來的。

我錄下與塞爾的對話然後反覆聆聽了十多遍，但仍搞不清楚為什麼它堅信我就是萊伊歐妮，以及它到底想要什麼。雖然塞爾希望我帶它們離開這裡，但比起這件事，似乎讓我承認自己是萊伊歐妮更為重要。塞爾根本不接受我不是萊伊歐妮的可能性，有什麼辦法可以修理它壞掉的邏輯電路呢？

雖然不知道萊伊歐妮是誰，但我現在好恨她。綜合整理那些機器人提供的資訊可以得知，管理它們的萊伊歐妮不是機器人，而是人類。也許我和萊伊歐妮有什麼相似之處，所以塞爾才會如此肯定吧，但這個失去感光裝置的機器人又是憑什麼做出這樣的判斷呢？

雖然我也想過不如乾脆假裝承認，但我對她一無所知，根本不知道該說什麼。如果承認我就是萊伊歐妮，告訴它們我是來接它們離開的？但它們會相信我的話，放我出去嗎？

塞爾似乎在等我找回記憶，它好像相信只要把我關在密室裡幾天就可以喚起過往的事。這怎麼可能呢！如果這裡真的是在幾百年前滅亡的話……那麼很久以前，萊伊歐妮就已經死了。與機器人不同，人類的壽命如此短暫。但這件事要怎麼向它們解釋呢？我苦惱許久，始終沒有想出什麼好方法。

幾天過去，我仍被關在滿是用途不明的培養水槽的實驗室裡。機器人送來的罐頭一天比一天難吃。

不安、恐懼和些許的無聊教人渾身發抖，我翻看起了私人裝備中以前的紀錄，發現了很早以前儲存的內容。

宇宙存在著兩種滅亡：有價值的和無價值的。自從人類迎來在星球、星際之間的宇宙開拓時代，創造繁榮以後，每天在宇宙的各個角落都會出現面臨滅亡的居住地，同時也會誕生新的居住地。滅亡的規模小則個人或一個家庭居住的居住船，大則可以吞噬掉整個行星系。若去勘查這些滅亡後留下的廢墟，或許會覺得所有的死亡都是相同的。在死亡面前，宇宙的所有生命體都是軟弱無力的。但事實並非如此，有一種滅亡相較於其他的滅亡更有價值，至少對我們洛蒙人是這樣的。

我們會前往滅亡的現場，本能地被死亡的氣息所吸引。洛蒙人既是有能力的遺物整理師，也是尋找滅亡線索的一級調查員。正如一顆星球的生態系統是建立在生與死的循環之上一樣，若將死亡的循環擴大至整個宇宙的話，就會發現滅亡的價值了。有的死亡會支撐其他的生命。我們從滅亡的廢墟中回收尚留有餘溫的資源與資訊，並傳送至宇宙的其他地方，以此稍稍延緩宇宙熱力學的死亡。很多洛蒙人可以熟練地駕駛大型回收船，操作複雜的回收設備。我們具備能夠穿越隧道的身體，其他的種族視我們為有能力的回收人，但在此之前，我們就是天生的回收人。洛蒙人從降生以來就不畏懼死亡與痛苦，在成長的過程中，練就出了能夠直視殘酷現實的堅強。就像星球生態界的微生物會將死亡轉換成重生的原料一樣，我們將自己視為整個宇宙的循環媒介，並對這種生活方式感到自豪。我們寄生於他人的死亡之上，正如宇宙的所有生命體一樣。

以上是之前我經常疏於完成任務、無法勝任回收工作期間，為了生計向銀河網站的投稿。這些文字都是我試想那些非洛蒙人的種族所寫下，但現在的我感受到許多無法認同的表達方式。首先是「我們洛蒙人」，我無法從我的種族，也就是洛蒙人身上感受到歸屬感。雖然花了很長的時間努力想要獲得認可，希望大家把我當成一位平凡的洛蒙人，但我後知後覺才意識到這是不可能的事情。回想起當時無法接受現實的矛盾，我感到痛苦不已，進而下意識地阻止自己思考這件事。但在這裡，我除了思考之外，沒有任何事可以做，所以我無法抑止回想往事。

小時候，阿姨們就很常替軟弱的我擔憂。與我同齡的孩子從十幾歲開始就前往滅亡現場協助大人進行回收工作，他們能夠不以為然地參與模擬滅亡，甚至展開競賽，看誰能找到奇特的骸骨。每當此時，我就會把自己關在房裡，想像關於死亡的幾百種可能性。當親眼目睹到滅亡的世界，我更想像自己將要面臨的死亡，以及那些因感染傳染病而無法與心愛之人共同度過的最後一刻；因天體相撞，彼此來不及做最後道別的結局；因吸入粉塵奈米分子而窒息跪倒在地時的痛苦……事實上，在洛蒙人目睹的滅亡現場，是看不到這些死亡瞬間的，但我總覺得現場瀰漫的死亡氣息就快把我吞噬殆盡。

洛蒙人比其他種族更大膽、更堅強、更勇猛，但在我身上卻看不到這些洛蒙人的普遍特性。面對死亡，洛蒙人只會想著自己要做的事、必須完成的任務。在強烈目的的意識面前，恐懼不過只是小小的障礙罷了。有別於眾人，面對死亡時的我總是被恐懼壓倒。也許我是出生後被錯誤分類成了洛蒙人吧。當我站在鏡子前，看著自己與其他人極為相似的外表，不禁更加懷疑是不是這顆心植入了錯誤的身體。

我覺得自己被囚禁在錯誤的種族裡，一輩子都無法擺脫。即使被關在這個狹小的培養室裡，卻仍能保持清醒，說不定正是因為這種理由。

我回想起來此處的真正原因。在我拿到前往 3420ED 的許可證時，大家很好奇我為什麼要來這類沒有價值的現場。沒有人委託我來 3420ED 尋找遺物，或調查用於特殊研究的資料。更何況，我也沒有見過離開 3420ED 的後人。這裡就只是一處宇宙中的滅亡的星球。

我之所以決定前來，是因為系統單獨委派我調查 3420ED。不要說晉升為合格的回收人了，就連是否能勝任回收工作都令人懷疑的我先前一次也沒有接到過這類指名委派任務。我之前主要負責就連小洛蒙人都可輕鬆應付的簡單工作，例如，前往火星軌道上因供氧錯誤致死的四口之家整理遺物。不過就連按照委託人提出的要求整理遺物這類小事，我也會因為看到地面上尚未乾涸的血跡和掉在家具後方的頭髮時而嚇個半死。

委派目錄上出現3420ED的時候，我並沒有留意。委託人是匿名的，報酬也少得可憐，而目的欄中也沒有記載任何特別內容，僅寫著「內部調查」。但幾天後，我和魯智一起查看她的目錄，才發現魯智的目錄上沒有這個地方。也就是說，只有我一個人接到了這項任務。

魯智不以為然地說：

——偶爾有符合特定委託的人選時，系統會自動委派任務。但這顯然是系統出錯了，因為3420ED既危險又沒有勘查價值，所以根本沒有人想去啊。

聽了魯智的話使我思考許久，但最後仍接下這項任務。因為這是我第一次接到指名的委派任務。以其他人的標準來看，這也許只是毫無意義的任務、可以忽視的一行字，但在我眼中，這是系統的考驗，讓我證明自己的價值，彷彿在對我說：「去證明妳是一個有用的洛蒙人吧。」

現在我知道了，事實並非我想像的那樣。正如魯智所說，這不過是系統的一個錯誤，如同我的誕生是系統的複製錯誤那樣。

不過我來 3420ED 還有另外一個原因。在接受這項任務前，我看到研究組上傳到網路上的 3420ED 的照片，那是一張近距離拍攝、變成廢墟的居住區的立體照片。3420ED 與我至今為止親眼目睹到的滅亡現場並沒有什麼差異，只是這裡的規模大過於其他的地方罷了。但在看到那張照片的瞬間，我的內心感受到了一股難以言喻的平靜。即使知道那裡存在死亡，但卻不會害怕到無法承受。

那時我明白了，這種平靜就是除了我以外，其他洛蒙人的日常狀態。如果可以永久擁有那份平靜，就算賭上一切我也在所不惜。我一生都在尋找自身缺陷的根源，如果前往有生以來第一次感受到平靜的 3420ED，或許可以找到自身缺陷的原因。

不想被人取笑的我，也就沒有把種種因素告訴大家。前往 3420ED 不是出於縝密地計算得失，而是出於第一次接到單獨指派，看到立體照片時感受到了平靜。這種茫然的感情促使我盲目地接受任務，最終讓我面臨了死亡的危機。

但令人無法理解的是，在面臨人生中最致命危機的當下，我卻莫名地保有平常心。當然，我也很害怕，擔心那些機器人說不定何時會突然闖進來要了我的命。這個培養室又悶又暗，而每次將罐頭食物塞入嘴裡都會讓我感到噁心，就連對於時間的概念也模糊不清。儘管如此，我沒有感受到置身於其他滅亡現場時的恐懼。雖然這樣說很奇怪，但假如會死在這裡，我似乎能坦然面對。究竟是這裡的什麼把我變得如此呢？

今天塞爾沒有來找我，其他機器人也沒有來。因為飢餓，我吃了房裡剩下的罐頭。我感到口渴，心想培養水槽裡會有水，但發現裡頭乾涸。被關在這個照明全無的黑暗、狹小之地令人感到一分鐘就像永遠一樣漫長，但幾個小時也會一眨眼就過去。幸好這裡有錶，所以沒有徹底失去時間感。

我無事可做，只能一直盯著時間流逝。

晚上9B時，來敲門的不是塞爾，而是其他機器人。我詢問今天塞爾沒來的事，機器人回答說，塞爾的狀況越來越糟了。我當下沒能立刻理解，於是機器人繼續說，塞爾快死了，可能過不了一個月就會停止運作。到時，這裡唯一能夠維持系統的操作員就會消失，整個居住區也會走向滅亡。看來這些機器人倚靠互相維修才堅持至今的，但這方法也快失效了。

說不定這對我來說是一件好事。如果塞爾死去，那它們便不再強迫我找回關於萊伊歐妮的記憶。

機器人問我知不知道修理塞爾的方法，我回答不知道，但表示可以駕駛回收船把它們送到能夠維修的星球。只要從這裡穿越隧道，就可以去人類居住的行星系。

機器人如同人類般地搖了搖頭說：

「我們無法穿越隧道，沒有保護裝置。」

我想起來它們都是幾百年前製造的舊型機器人。最初設計它們只是為了在此使用後報廢而已，所以在它們的設計圖上看不到需要附加費用的保護裝置。

若它們以現在的狀態穿越隧道，內部的電路就會徹底斷壞。但是如果不穿越隧道，就無法抵達其他的文明。

現在我明白塞爾為什麼要我帶它們離開這裡了，但用回收船載它們離開是毫無意義的，因為它們的電子腦會徹底崩毀。即使穿越隧道，也會變成一堆廢鐵。對機器人來說，這等於徹底死亡。

我推測塞爾等待萊伊歐妮的原因。萊伊歐妮離開的時候，一定有向它們承諾會找到帶它們安全穿越隧道的方法，但她沒有回來。也許她沒有找到方法，又或者找到了方法但根本不想回來。無論出於何種原因，萊伊歐妮都沒有遵守約定。這些機器人被主人遺棄了，它們似乎也知道這個事實。

只有塞爾還不知道，它仍堅信我就是萊伊歐妮。

「妳想去見塞爾嗎？它現在固定在控制中心。」

機器人對我似乎抱有某種期待，希望我向它們即將迎來死亡的隊長表達同情嗎？當然，我很同情塞爾。經過漫長的等待，最終癡瘋的它的確很可憐。與此同時，我也產生困惑，我怎麼會對機器人產生憐憫之情呢？

但我不是萊伊歐妮。假使我貿然假裝她，就算是瀕臨死亡的機器人想必也會拆穿我的謊言。我擔心的是，當塞爾發現我不是真的萊伊歐妮後會怎麼處置我，它可以輕而易舉地殺死我，因為槍口就在它胸前最顯眼的地方。然而，最重要的是，我不想欺騙塞爾。

「我不去，因為我不是它等待的萊伊歐妮。」

面對我的拒絕，機器人生硬地說出一句：

「知道了。」

機器人走出房間，我望著它發出吱吱嘎嘎作響的背影。

每天居住區的重力都會搖晃上好幾次。我躺在硬邦邦的墊子上，一邊感到反胃，一邊思考著死亡。乾涸的水槽裡積滿了我的吐瀉物，每當重力場翻轉的時候，那些吐瀉物就會飛濺得到處都是。什麼東西破碎時發出的轟隆聲、建築物脫落時帶來的巨大震動，以及如同悲鳴般的警笛聲都會將我從淺眠中喚醒。我做了一個有人來營救我的夢，但醒來後卻仍置身於這個滅亡的現場。我後知後覺地醒悟到，死亡並不是靜態的。構成這個地方的所有物質都在發出悲鳴和痛苦的呼喊。我親眼所見的廢墟的冷清與寂靜，只屬於那些最終存活下來的人們，就連垂死掙扎的人也沒有資格感受。如今，我明白了這件事。

塞爾死去的瞬間，整個居住區也將走向終點，而我也無法逃離這場滅亡。

外部的建築物正在坍塌、脫落，培養室的天花板和地面持續震動晃蕩，我嚇得整個人僵硬。物品傾瀉而下發出嘩啦啦的聲響，震動停止後，我聽見自己撲通撲通的心跳聲。回過神來，我拚命敲打培養室的門。開門的機器人說明，居住區內部沒有坍塌，不會有問題。

現在培養室的照明一天只亮一個小時左右，其他時間一片漆黑。我藉助微弱的光亮趕緊進食入嘴，但這麼做又有何意義？

塞爾還沒有死。

或許我能堅持到它死亡的時候。

我同時感受到面對死亡當下的恐懼與安逸，安逸在我抵達這裡後便包圍了我，但我仍然無法理解和說明這種感受的根源。

兩天後，培養室的燈徹底熄滅了。

機器人把我轉移到它們所在的倉庫，那裡是整個居住區人工重力場最強的區域。

機器人攙扶著晃蕩不穩的我，幸好沒人看到這滑稽可笑的場面。

按下按鈕後，倉庫的門開啟，機器文明不堪入目的現實慘況映入我眼簾。

斷路的機器人堆滿了一層層高至天花板的鐵製擱板。倉庫的規模龐大，大到站在入口處幾乎望不見盡頭。可以確定的是，這些擱板上放置的都是再也無法運作的機器人。仍在運作的機器人都在靠奪取同伴的零件延續自己的生命。行走在倉庫裡的這些機器人形如廢鐵般，很難再看出它們原有的樣貌。

對我來說，眼前這種寄生於死亡之上的存活方式是如此熟悉。

「你們和洛蒙人一樣。」

機器人第一次對我的話產生了好奇心。

「洛蒙人是什麼？」

「在這個行星系的外面，像你們一樣存活的種族，也就是我的族類。」

一些機器人放下手上的工作，聆聽我的話。倉庫裡有幾把人類的椅子，我坐下向它們講述了洛蒙人寄生於死亡之上的生活方式，一生在宇宙中流浪的命運，以及身為回收人的人生。我還告訴他們，雖然我和其他洛蒙人一樣都是系統複製出來的，但我與其他人不同，存在著致命性的缺陷。

「你們現在知道我不是萊伊歐妮了吧。我只是屬於洛蒙種族的回收人，來這裡不過是想拍幾張內部構造的照片罷了。」

「這我們都知道。」

每天給我送罐頭的機器人說。

「除了塞爾以外。雖然不曉得妳屬於洛蒙種族，但知道妳是來自外部的人類。」

我眉頭緊鎖，看向那個機器人。

「那你們為什麼不肯放我走？去告訴塞爾，我不是萊伊歐妮就可以了啊！」

「我們很難說服塞爾。身為下等機器人的我們可以靈活思考問題，但塞爾存在於固定的邏輯系統，它是這裡的系統操作員，為了維持系統，很難說服它轉換已經輸入的一般命題。塞爾熟悉這裡所有的通路和出口，就算我們放妳出來，它也會攔截妳的。現在只有一個方法，就是妳親自向塞爾證明妳不是萊伊歐妮。」

「好吧，但就算如此……為什麼把我當成萊伊歐妮也算是塞爾堅持的一般命題呢？」

機器人沉默不語。不知道它們是有難以啟齒的原因，還是不想回答這個問題。

我環顧四周又產生了新的疑問，為什麼它們在此處居住數百年，卻只創造了如此簡樸的文明呢？為什麼不占領整個居住區？它們似乎對擴張和繁榮絲毫沒興趣。最初被它們綁架時，我還以為這裡的人類滅亡是因為它們發起的革命，但相處下來後發覺它們未免太過溫順。比起一個人關在培養室裡，現下和它們待在一起，反而讓我更覺得舒坦。不過由於倉庫的重力場太強，我的五臟六腑抽痛不已，感覺就快翻出身外，大腦時不時感受到的震動也折磨難耐。

「在見塞爾之前，我想了解一些事。」

我問道：

「萊伊歐妮是誰？她對你們很重要嗎？」

這次站在我面前的矮小機器人回答說：

「是的。之前萊伊歐妮是我們的主人，我們都對她懷抱情感。然而塞爾……比我們更加盲目些。」

我默默地聆聽它娓娓道來。

「是萊伊歐妮救下支離破碎的塞爾。對萊伊歐妮而言，塞爾是一個很特別的機器人，因為是它救下了本應該被廢棄的萊伊歐妮。」

我聽到了一個陌生的詞彙，於是反問道：

「報廢？萊伊歐妮不是人類嗎？」

「雖然她是人類，但卻是報廢的對象。」

「說來聽聽。」

機器人欲言又止，呆呆地看著我。我再次問道：

「到底這裡發生了什麼事？」

矮小的機器人退後一步，慢慢地回答說：

「這裡是永生人的城市。萊伊歐妮是永生人複製出來卻存在缺陷的複製人，同時也是我們的同伴。」

直覺告訴我這個居住區與塞爾、萊伊歐妮，以及這些機器人之間存在著複雜的故事。機器人講述起這個長長的故事。

3420ED是一座擁有卓越生物技術的永生之城。居住在這裡的人類利用生產健全的複製人，透過替換身體以及傳送記憶和自我意識的技術實現了永生不滅。3420ED的居民既不會老化，也不會死亡，城市在永保青春和健康的狀態下迎來前所未有的繁榮。但自從與3420ED交流的鄰邦文明得知複製技術的實況後，紛紛表達厭惡之情，並要求他們證明複製人不存在固有的自我意識。永生人因此鑄造起隱飾牆，宣布與所有小行星和外部文明斷絕往來。

孤立的城市繁榮興盛持續數百年。忘卻死亡的永生人為了延續乏味的人生，埋頭做起各種有趣的實驗，其中之一就是賦予維護城市的機器人自我意識。永生人掌握著徹底控制機器人的方法，因此即使機器人存在自我意識也仍會服從於它們的主人。雖然不斷有報告指出，為進行身體替換而製造的複製人存在自我意識，但卻沒有人在意，因為在傳送永生人的自我意識的瞬間，複製人的自我意識便會自動消除。

所有的一切既完美又順利，直到這座城市出現了數百年來的第一例「死亡」。

在培養室附近出現傳染病D的時候，研究人員針對傳染源進行分析後，得到原病毒的局限性變異的結論。由於傳染力弱，症狀也只是發熱、發冷，所以沒人在意。這種傳染病沒有嚴重的痛症且也不會致死，就算感染，不過難受一兩天而已，之後症狀就消失了。

但幾週後，當為了傳送自我意識而進入裝置的永生人變成屍體的時候，才暴露出傳染病D存在的真正問題。第一例死亡出現後，緊接著又出現了第二、三例死亡，整座城市進入緊急狀態，然而傳染病D本身並不是摧毀身體的疾病，它摧毀的是這座城市長久以來堅信的永生不滅的信念。在這座永生之城，免疫系統無法向複製人傳送自我意識的微妙變化成為傳播「死亡」恐懼的傳染病。

恐懼與不安擴散後，比起疾病，更加迅速摧毀永生人的是他們自己。他們以不死之身存活數百年，因此對他們而言，永生就等於是呼吸般理所當然的生活條件。在永生人的基因裡，早已免除對於死亡的恐懼，因此對疾病和事故產生過度的恐懼便也成為不必要的特性。永生人堅強、勇敢、熱愛冒險，樂於接受新的挑戰，但突如其來的死亡改變了一切，他們不得不後天重新學習恐懼。然而對於數百年來從未感受過死亡恐懼的他們而言，這又哪裡是件容易的事情呢！

有些人很快接受現實，提出應該向斷絕往來已久的其他文明尋求幫助。對疾病和死亡毫無對策的城市只會加速滅亡的速度。少數人主張，至少應該解除孤立狀態，但多數人更畏懼此處會因其他文明而提早滅亡。就這樣，永生人陷入了束手無策的大混亂。疫情徹底失控，大範圍擴散開來，隨即流傳各種謠言和怪談。當傳出輸入他人的血液可以強化自身免疫力、避免染疫之後，永生人開始互相殘殺，暴力比傳染病的傳播致死速度還要快。

萊伊歐妮是在複製過程中出現缺陷的複製人。為了提升免疫而導入的突發變異導體造成過度的新變異，在急速成長的過程中，後期才發現這些複製人存在著性格缺陷。

不久後，強制中斷成長的十五歲少女與其他不良品一起迎來即將被報廢的命運。

為了進行報廢，在將萊伊歐妮拖出培養水槽的時候，突然響起震動整個培養室的警笛聲。居住區下達緊急命令，禁止所有人移動，報廢萊伊歐妮的工作也因此中斷。永生人被隔離牆隔離期間，萊伊歐妮和不良品複製人躲進機器人的倉庫。機器人為逃亡的複製人讓出一部分倉庫空間。

在永生人第一次經歷死亡的恐懼，並逐漸摧毀整座城市之時，萊伊歐妮與同伴們確立了他們堅定的目標——回收、修理永生人為洩憤而毀損的機器人，並且營救棄置在培養水槽中的複製人。被營救出的複製人也加入隊伍，占領倉庫的複製人和重獲自由的機器人幫助大家移除了系統中的服從程式。複製人向機器人提供幫助，直到它們學會互相維修彼此為止。萊伊歐妮是所有存活下來的複製人中，唯一一個因基因缺陷而能理解死亡恐懼的個體，因此在預測身陷恐懼的永生人的行動模式時，建立了莫大的功勞。

萊伊歐妮為了偷竊重要的機器零件而潛入管理室時，救出了被永生人踹得支離破碎的塞爾。永生人察覺到盜走系統操作員的少女十分可疑，於是動員機器人軍隊追捕萊伊歐妮。在軍人們準備射殺萊伊歐妮的瞬間，已經瀕臨廢鐵的塞爾吃力地擋在她前方。趁機器軍人在操作員與永生人下達命令間產生的混亂空檔，萊伊歐妮拖著塞爾逃回倉庫。

萊伊歐妮的目的是把所有永生人從 3420ED 徹底趕走，然後與複製人和機器人和平共處。但計畫並沒有朝著萊伊歐妮希望的方向發展，隨著永生人的數量漸漸縮減，滅亡速度進入停滯期。少數在混亂中存活的永生人搭乘太空船，遠離這座變成廢墟的城市。這些人試圖占領其他的居住區，尋找新的永生方法。留下的永生人在耗盡剩餘資源後，不是因藥物中毒而死，就是處在與死亡毫無差別的狀態。

另一方面，重獲自由的複製人也萌生離開的念頭，但他們與永生人的目的不同。這些複製人天生就被移除了恐懼的感情，也無需像永生人一樣後天學習如何面對死亡的恐懼。雖然他們的誕生注定死亡，但卻不畏懼死亡，進而演變成了之前不存在的新人類。這些複製人不想被困在受限的居住區重複一成不變的人生，他們希望到外面嘗試探詢人生新的可能性。

——妳竟然不跟我們一起離開，為什麼會做出這種選擇呢？妳不是也和我們一樣都是複製人嗎？我們好不容易從培養室逃脫出來，擺脫了接收那些老傢伙們自我意識的困境，但妳現在卻要留下？

在機器人播放的模糊的影片中，看不清萊伊歐妮的表情，只能看到靜靜聆聽的機器人。從對話可以推測出，機器人旁邊站著和萊伊歐妮一樣的複製人。

——但是……如果我們都離開的話，這些機器人怎麼辦？是它們幫助我們重獲自由的，而且現在它們都把我們當成主人跟隨我們。我……不能丟下它們不管。總要有人留下來對它們負責，或者至少帶它們一起走。

萊伊歐妮對自己講出的話似乎也無法肯定，她遲疑、停頓了好幾次。相反的，反駁她的複製人卻充滿自信。複製人以施壓的態度說：

——機器人也有自己的人生，那不是我們要負責的事情。妳應該比任何人都清楚，根本不可能帶它們離開，它們的程式只要進入隧道就會損毀。妳留下來也不符合現實性。難道妳要留在這裡過一輩子嗎？如果不是的話，單單推遲離開的時間又有什麼意義呢？

——為什麼不能留下來過一輩子？

——這座城市正走向毀滅。永生人發動的暴力損壞了大部分的建築物，人工生態系統也遭到破壞。這裡恐怕堅持不了多久的，還不如趕快尋找其他新的居住區。萊伊歐妮，妳太膽小、太憂心忡忡了。這些機器人會自己另尋出路的。

——沒錯，我和你們不同，我是憂心忡忡，也很膽小。我怕死，不光怕我自己會消失，也怕這些機器人會消失。

——妳留下來也不過是延遲死亡的時間罷了。

——但是，如果我離開的話……

影片在這裡停止了，畫面閃了兩下以後，徹底黑掉了。我想像著萊伊歐妮接下來要講的話。萊伊歐妮放心不下的是這些機器人。

機器人說：

「萊伊歐妮沒有離開。她是唯一能感受到我們的恐懼的複製人。面對死亡，機器人也存在恐懼，但其他複製人卻不理解。萊伊歐妮留下來，打算找出能夠安全帶我們穿越隧道的方法。她利用複製人的權限進入永生人的技術庫，試圖找出安裝保護裝置的方法。」

「結果呢？沒找到嗎？」

「沒找到。僅憑萊伊歐妮一己之力根本就是天方夜譚，又或者根本就沒有在製造的機器人身上追加保護裝置的方法。萊伊歐妮制定了第二個計畫，留下來和我們一起生活。她認為雖然這裡沒有人類，但還有我們，所以不會寂寞。」

「那她之後為什麼又改變想法？她沒有回來，最終不也離開了嗎？」

「是我勸她離開的。」

機器人淡定地說：

「因為這裡的環境漸漸變得不適合她生存。」

機器人解釋了在所有人類離開後，居住區發生的變化。從這裡開始，也是我早有耳聞的內容。在沒有人類管理、走向毀滅的區域發生的事情都大同小異，先是再生系統出現問題，進而無法復原資源，最終導致人工生態系統的動物和植物全部滅亡。機器人忽略了有機體生存的必然條件——萊伊歐妮需要其他生物，以及其他生物的死亡。有別於機器人，人類的一生都是建立在有機體的死亡之上。漸漸的居住區內部的空氣、水和食物已經無法滿足萊伊歐妮生存的條件。

——塞爾，我一定會回來。

這次影片中的萊伊歐妮很清晰，但沒有拍攝到她全身，只照見她的頭部以下。應該是矮小的機器人拍下這一場景。畫面中，萊伊歐妮緊緊擁抱著一個機器人。可以看出那個機器人，它就是沒有一處生鏽、全身光鮮亮麗的塞爾。那時的塞爾乾淨俐落，與現在全身掛滿不匹配零件的外觀截然不同。光滑的流線型金屬身體，安裝在主體上端的感光裝置正注視著萊伊歐妮。

——等我回來，我帶你們去隧道另一頭的宇宙。

雖然看不到萊伊歐妮的臉，但可以察覺她在哭泣。塞爾伸出機器手臂，握住萊伊歐妮的手。萊伊歐妮握著塞爾的手久久不放，最後才依依不捨地轉身離開。

影片結束。機器人說：

「至於萊伊歐妮之後的事，我們就不得而知。但我知道她為什麼沒有回來，因為與我們相比，萊伊歐妮的壽命實在太短暫。就算她找到方法，恐怕也為時已晚。」

「那為什麼塞爾不知道這件事呢？」

「塞爾是根據這座城市而設計製造的系統操作員，它擁有一個不變的命題。因為居住於此的主人都是永生人，都是永生不滅的人，所以在塞爾的邏輯體系中，萊伊歐妮也是永生不滅的人，也因此它才會相信她一定會回來。」

給我送罐頭的機器人說：

「但我們也沒有想到塞爾會如此執著於沒有希望的等待。現在是結束一切的時候了，就算塞爾動怒，我們也會保護妳的人身安全。」

機器人提出一項要求：

「請妳把所有的真相告訴塞爾，告訴她萊伊歐妮是絕對無法回來的。」

機器人說的沒錯，萊伊歐妮是絕對不會回來的。但在故事的最後，我還有一個疑問。

「好的。但是，在此之前……」

我遲疑了一下，然後問道：

「你們也覺得我很像萊伊歐妮嗎？像到能夠讓塞爾誤會的程度嗎？」

「妳不是萊伊歐妮。」

機器人說。經過短暫的沉默後，它又補充一句：

「但是，妳很像萊伊歐妮，像得讓人衷心相信妳就是她。」

複雜的思緒攪得我的頭腦一片混亂。

看不見的塞爾覺得我就是萊伊歐妮，這意味著我與她之間存在著某種超出了外觀以外的東西。

那些逃離居住區的複製人都去哪裡了呢？

萊伊歐妮去了哪裡呢？

碎片拼湊起來了。

洛蒙人是透過鑄型複製系統誕生的，該種族對死亡沒有任何恐懼。但儘管如此，恐懼卻成為我天生的性格缺陷。塞爾認定我就是萊伊歐妮，而系統指名委派給予我這項任務。

醒悟促使我採取行動。系統派我到這裡來的理由；每次目睹滅亡時感受到的負罪感；即便如此，但當置身於此地時，我卻感受到了前所未有的平靜。

我不得不來到這裡。

「好吧。現在我明白了……」

是我的原體萊伊歐妮希望我這樣做的。

「帶我去見塞爾吧。」

我的聲音在顫抖。

我奔向塞爾。塞爾放置在地上，眼看它就要支離破碎了，它的外殼掀開，零件全都暴露外顯。連接各零件的鬆散電線接在控制板的控制鍵上，由此可見，塞爾是希望直到最後一刻也要竭盡全力控制穩住系統。但這樣的塞爾仍在逐漸邁向死亡。塞爾轉動了故障的眼睛，望向腳步傳來的方向。那個感光裝置什麼也感應不到，卻仍注視著我。就這樣，在我面前的是早已被我忘卻，但卻始終記得我的機器人。

我的謊言是這般開展的。

塞爾，對不起，我回來得太遲了。

現在，我再也不會離開你了。

其他機器人送來水和食物，但我幾乎沒有吃。隨著塞爾的功能逐漸喪失，居住區的命運也趨向終點。人工重力場的強度越來越微弱，我和塞爾只能依靠微弱的重力緊貼於地面上。居住區的建築物不斷出現損壞、坍塌和脫落，透過控制面板可以清楚地看到居住區正在一步步走向滅亡。眼前的景象正扭曲，這不是過去我目睹過滅亡後的廢墟，而是正在走向毀滅的瞬間。

之後的十天，我一直陪伴在塞爾身邊，講述自己為回來而歷經的重重險阻：逃離後所見過的無數的滅亡場所；穿越隧道後，發現的數以萬計的文明與星球；為找尋營救它和其他機器人而付出的努力，以及沒有發現解方時的絕望；為重返這裡，又是如何穿越如同迷宮般的隧道。我就像是講述親身經歷那樣，雖然很多事情都是我編造的，但至少故事中的痛苦、混亂、難過與恐懼都是真實的。此時此刻，我很慶幸自己曾經歷過那樣的瞬間。如果這一切都是我靠想像編造出來的話，恐怕塞爾早已拆穿我不是萊伊歐妮了。可能我也沒有更多的話能對塞爾訴說。正因為我能理解死亡的恐懼，所以才能安慰塞爾。

塞爾用斷斷續續的聲音告訴我，為了等待萊伊歐妮，它是如何維持這個居住區。自從人類撤離後，為了不讓這座城市徹底毀滅，長期以來它付出莫大努力。我從塞爾的這番話中，察覺到一項奇特之處。有時，它在喚我為萊伊歐妮的時候會有所遲疑，彷彿在對除了自己和萊伊歐妮之外的第三者講話一樣。但除了那幾次短暫的遲疑，塞爾還是會喚我萊伊歐妮。

隨著時間流逝，我反覆回想那些瞬間和塞爾講過的話，它真的相信我就是萊伊歐妮嗎？還是假裝相信呢？假設塞爾知道我不是萊伊歐妮，那等於我們彼此在演戲矇騙對方。謊言在我們之間沙沙作響，我以為塞爾相信我就是萊伊歐妮，所以扮演起萊伊歐妮，然而它明知道我不是萊伊歐妮，卻假裝相信我就是萊伊歐妮。我既希望塞爾相信我是萊伊歐妮，卻與同時希望它不要相信。

也許兩者都不是實際發生的事情，沒有徹底的信任，也沒有完美的演技。塞爾無法肯定我就是萊伊歐妮，但它仍希望我就是萊伊歐妮。我無法想像機器人面臨死亡時所處於的狀態，但我覺得我們的對話一直處在那樣的重疊狀態。在這十天裡，有時塞爾堅信我就是萊伊歐妮，有時卻充滿了懷疑。正因為這樣，塞爾把我當成萊伊歐妮的同時，卻也覺得我很陌生，所以才能持續講完這個漫長的故事。

直到最後一刻，我把自己當成萊伊歐妮握住了塞爾的手。

塞爾死後，居住區 3420ED 迅速崩塌。剩下的機器人請求我關閉它們的電源，我向它們做了最後的道別，它們對我說了謝謝，感謝我在經過這麼久後還是回來了。

我不是勇敢、膽大的洛蒙人，但這些缺陷成就現在的我。一直為我擔心的阿姨、魯智和其他人追蹤到我最後失蹤的地點，派遣了救援船。救援船找到被困於逃生艙一直飄浮在居住區附近的我，並一同把被坍塌的 3420ED 的碎片擊毀的回收船牽引回基地。

匯報任務結果時，系統傳達了在我的鑄型中發現性格缺陷的消息。系統判定，在問題沒有解決以前，將暫時中斷利用該鑄型進行複製。這也就是說，之後不會再利用該鑄型複製其他洛蒙族的孩子。我指著系統質問道：

「這是在利用我嗎？那已經複製出來的我該怎麼辦？」

但在返回的路上，我有生以來第一次萌生這樣的想法：我存在的這種缺陷也許並不是一種缺陷。

由於被困一個多月而產生的心理陰影和外傷，我不得不接受長時間的復健治療。負責治療我的諮商師表示，我比意外前更健康了，而不安的情緒也變得更趨於穩定。諮商師說得沒錯。雖然現在每次前往滅亡現場時，我還是會想像死亡、感受到恐懼，但已經不若先前那般嚴重。

諮商師溫柔地問道：

「現在不會再看到幻影？」

「嗯，現在好多了。」

但有一件事我沒有告訴諮商師。

直到現在，我閉上眼睛，偶爾還是會看到塞爾。它守護著正走向毀滅的城市，面對從上方墜落的碎片放聲大笑。但奇怪的是，在那幅畫面中，陪伴在塞爾身邊的人不是我，而是萊伊歐妮。在即將死去的塞爾身邊，萊伊歐妮正握著它的手。雖然萊伊歐妮和塞爾正面對滅亡，但他們看起來幸福無比。

我望著萊伊歐妮的背影。那不是我的原體，而是最後且唯一的萊伊歐妮。

瑪麗之舞

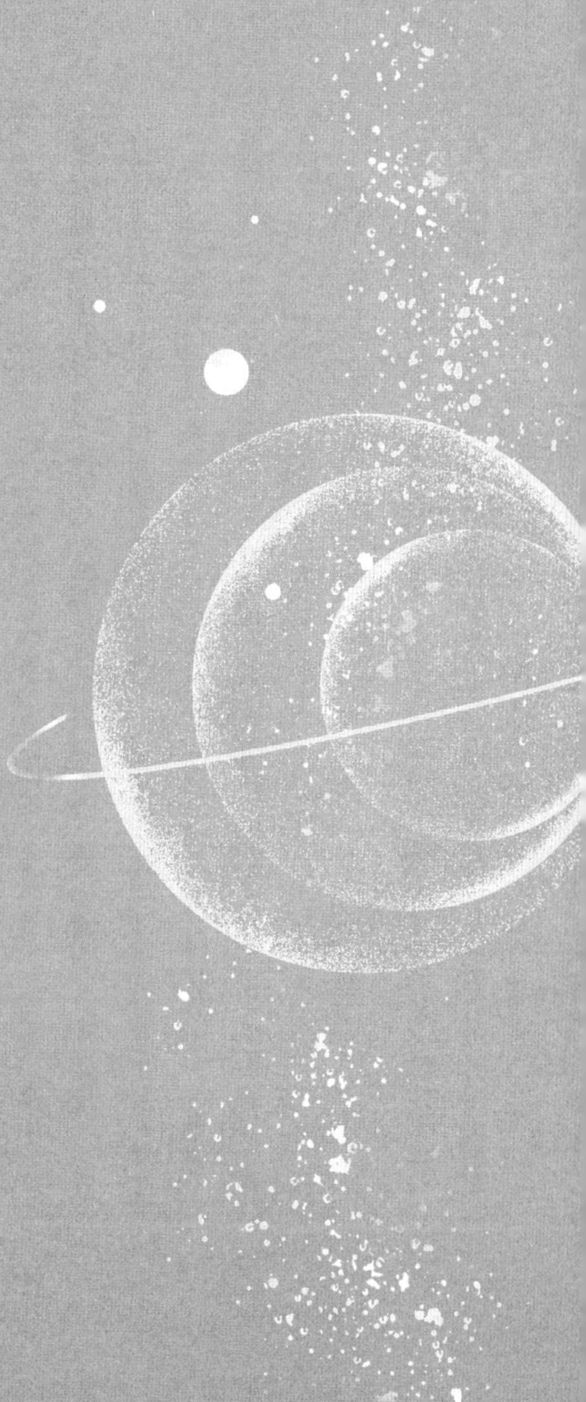

沒有人知道瑪麗去哪裡。我也不知道，但大家還是會來詢問我瑪麗的下落。我是知道那起事件的唯一外部人，所以人們不斷揣測我與瑪麗的關係。大家都認為我和瑪麗情同家人，關係十分親密。如果不是這樣，瑪麗不可能告訴我那些祕密，而他們還一口咬定地說，關係如此親密的我不可能不知道瑪麗的行蹤。

我的回答一如既往，我和瑪麗沒有任何特別的關係，我不過是短暫教過瑪麗的舞蹈老師而已。直到現在，我也沒有搞清楚自己和瑪麗到底是什麼關係，她又是如何看待我的。我們不過是舞蹈老師和學生的關係，但這樣講正確嗎？我的意思是，除此之外真的沒有別的了嗎？舞蹈課只上了半年，我們的關係因質疑與憤怒而破裂，最終不歡而散。我和瑪麗曾經短暫的共享過某種不同的情感，那是多數人從未體驗過的奇特情感。

但僅憑這一點就可以說我們的關係很特別嗎？

失敗的恐怖分子。直到現在，大家還這樣稱瑪麗。如果很倒楣的話，那件事就會演變成無可挽回的災難。雖然已經時隔多年了，但人們依舊清楚地記得那天所受的衝擊。儘管之後再沒發生過類似的事件，但人們的腦海中都烙印下瑪麗製造的恐懼。

與此同時，那天發生的事也激起了人們的好奇心。人們在電視節目、網路社群、報紙和書籍中不斷提及那件事，講述事件發生當日現場的慘況，以及瑪麗又是如何成為該事件的主謀。人們擔心失蹤的瑪麗還會回來，還會策劃下一次的恐怖攻擊，而且說不定還會出現「第二個瑪麗」和「第三個瑪麗」。不，用擔心一詞似乎不太準確。因為有人似乎在內心期待著瑪麗歸來，或是下一個瑪麗的出現。

「當時，到底發生了什麼事？」

大家全都非常好奇那天發生的事，但沒有留下任何紀錄，因為現場的攝影機全部損壞。只有從目擊證詞中得知，瑪麗在參加活動的人們發出慘叫聲前，一直在舞臺上翩翩起舞，但中途她突然停下並露出微笑看向觀眾。

我那天沒有參加活動，但能猜到發生什麼事。因為我參與了瑪麗準備這場表演的整個過程，並最先察覺出她真正的意圖。儘管我試圖阻止瑪麗的計畫，但最終還是失敗了。

不過仔細想來，早在此之前就已經出現了不可逆轉的趨勢。瑪麗不過是將某種趨勢具體化，使其變成現實罷了。雖然人們將莫克族隔離在特定的區域裡，但他們從未順從過這種隔離。隨著時間的流逝，莫克族也和其他人類一樣從孩童成長為大人。瑪麗的行動推倒了那面牆。無論方式如何，就結果而言這件事最終改變了人們的想法，而且再也沒有回到過去的可能了。

至少在我看來是如此。

那年晚春，我從大學同學丁倫那收到一個奇怪的提案。丁倫說，家裡不懂事的表妹堅持要找一位舞蹈老師家教。但不久前，我與舞蹈班的院長發生矛盾辭去了工作。因為身心俱疲覺得需要好好休息一段時間，所以不太想接私人教學課程。丁倫讓我把話聽完，接著發起長長的牢騷。

丁倫說，表妹瑪麗是阿姨家的問題孩童。雖然出生後發現她是莫克，但升上國中前，她一直都是非常用功念書的孩子。父母不希望天生的缺陷耽誤女兒的前途，於是送她到國外的特殊學校留學。但不曉得她在國外的學校學到什麼，回國後做了一連串莫名其妙的事。瑪麗先是執意要和朋友創業，非但不準備考大學，還突然埋首沉迷研究起程式設計。不久前，又突然宣布說要學習舞蹈。

瑪麗的父母心想，隨便找個舞蹈老師上幾次課，哄哄孩子就好，於是拜託舞蹈系畢業的姪女丁倫幫忙打探一下。起初丁倫打算介紹舞蹈教室給瑪麗，但事情並沒有想像中那麼簡單。第一間舞蹈教室以報名截止為由拒絕了她，之後也諮詢過好幾間舞蹈教室，但老師的態度讓人不放心。丁倫擔心看不見的表妹會受到不妥的待遇，且最重要的是，阿姨突然改口說一定要找一位值得信賴的熟人教瑪麗，所以深思熟慮後才聯絡我。

我沒有直接拒絕她。丁倫講的話語無倫次，根本不清楚那個叫瑪麗的孩子為什麼原因想學舞，但我感覺她應該不是為了準備入學考試。我之前教過的學生都是想報考大學戲劇系或準備現代舞特招考的孩子，即使瑪麗不是為了準備入學考試，教她舞蹈也不是什麼大問題。但最讓我放心不下的是，如果她是天生的莫克，那麼無論她有多少熱情也根本無法學習舞蹈。丁倫究竟是抱著怎樣的想法拜託我的呢？我感到困惑的同時，也產生了好奇。

莫克是指患有視知覺障礙的人。據統計，莫克約占未成年人口的百分之五。雖然莫克就像左撇子一樣常見，但遇到瑪麗之前，我從沒接觸過莫克。據悉，莫克與其家人主要居住在設施便利完善的特殊區域，他們不與外界交流，逐漸形成封閉的共同體。雖然罕見，但也有少數莫克在植入輔助器的幫助下，透過視覺復健重獲光明，並且能在隱瞞自身障礙的情況下，與正常人互動交流。但從丁倫的描述可以得知，瑪麗並不屬於這種成功的案例。

我又傳了一則簡訊給丁倫，問她瑪麗真的是莫克嗎？莫克不要說跳舞了，就連欣賞舞蹈也不可能。既然如此，學習舞蹈又有什麼意義呢？我又要怎麼教看不見的人跳舞呢？我還追問，這件事該不會與邪教或老鼠會有什麼關聯吧？丁倫被我問得一時不知所措，但面對瑪麗能否學習舞蹈的問題，她卻給出很確信的回答：

「素羅啊，妳先跟她見一面吧。雖然我也不是很清楚，但莫克有他們自己的一套方式。」

初次見到瑪麗時，她比想像中更加平凡。我預約了一間舞蹈教室，正在做伸展運動的時候，有人敲門走進來。站在門口的瑪麗點了點頭，她給我的第一印象就是一個十幾歲、普通且有些俏皮的少女。蓬鬆的淡褐色短髮，身穿寬鬆的連帽外套和長褲，衣服上的圖案既複雜又鮮豔。

「您就是崔素羅老師吧？我是瑪麗。」

瑪麗笑著打了聲招呼。看到眼前的瑪麗與丁倫描述的教人傷透腦筋的形象截然不同，我反倒驚慌失措起來。我帶瑪麗走進教室，她一臉好奇地環顧四周。看著她充滿好奇的模樣，我不禁感到驚訝：這孩子可以看到教室裡的擺設，知道各處擺放著什麼東西嗎？還是說她只是假裝可以看到呢？瑪麗環顧四周時，我取來兩把摺疊椅擺在教室的角落。

瑪麗撞了下椅腿，摸索著坐下。我坐在她對面，卻不知道她是在看我，還是注視著她認為我可能存在的虛空。

「在開始授課以前，我想先問幾個問題。」

我詢問瑪麗為什麼想學舞蹈，是否能克服教學過程中遇到的困難，還有想學什麼樣的舞蹈，以及為什麼選擇現代舞。如果是出於興趣，比起現代舞，大多數人會選擇其他類型的舞蹈（當然，我很理解瑪麗的特殊情況），可她為什麼堅持學現代舞呢？

認真聽完我一連串的問題後，瑪麗像是明白什麼似地說：

「您是在擔心身為莫克的我無法學習舞蹈吧？」

瑪麗一語道破我的想法。我觀察她的表情，沒有感到不悅的神色。我如實地回答說：

「說實話，我是第一次教莫克學生，所以沒有自信，也不懂妳為什麼那麼想學舞蹈。」

「我可以學舞蹈的，我之前學過。您要看嗎？」

瑪麗沒等我回答，直接從口袋裡拿出一個摺疊式螢幕。很特別的是，那個螢幕的表面並不光滑，而是帶有許多凸出的曲線。瑪麗用手指熟練地摸著上面的曲線，影片伴隨著噪音播放出來。我看到一間木製地板的教室，一個女孩正把腿伸向空中。

「我在之前的學校上過舞蹈課。」

雖然瑪麗播放的影片與其他舞蹈練習影片一樣看似平凡卻令人感到十分奇妙。畫面中的女孩不斷往返於教室的兩側並重複著幾組簡單的動作，但她絲毫不在意鏡頭，總是跑到畫面外的地方。雖然攝影畫面已最大限度地拍攝整間教室，但仍有鏡頭捕捉不到之處。我很好奇畫面中的女孩是不是瑪麗，但因為解析度太低，難以看清畫面中的那張小臉。

「舞蹈課很有趣，但沒有其他學生報名，所以面臨停課危機。最後只有我和朋友兩個人，才勉強上了兩個月的課。雖然老師說這不算是舞蹈，只是伸展運動，但我真的很喜歡去上這樣的課，可以很準確地感受到身體的肌肉和筋絡的位置。」

瑪麗的視線沒有看螢幕而是在看向我。嚴格來說，她不是在看我而是看環繞在我周圍的空氣，又或者是我的四周。

「雖然我不了解舞蹈，但我對肢體語言非常有興趣。很開心您願意教我，我需要一個值得信任的老師。我需要有人準確地指導我的動作，您不需要誇獎我做得好、動作很漂亮，只要告訴我怎麼讓身體動起來就可以了。」

瑪麗還不以為然地說：

「反正我也不知道展現出來的美是什麼。」

也許是對自己不慎重的態度感到內疚，瑪麗的這番話聽起來就像是在斥責我迫使她做出解釋般。我無法拒絕瑪麗，只能娓娓道出自己沒有自信教她。短暫的沉默讓氣氛變得格外尷尬，於是我開口說：

「好吧。謝謝妳如實告訴我這些，那我們就來挑戰一下吧。」

日後回想，我不禁覺得這是我給自己設下的一個陷阱。

初次教瑪麗的時候，還找不到適用於莫克學生的舞蹈教學資料。我整日在網路上搜尋參考資料，但得出的結論卻是，莫克對視覺藝術並不感興趣。考慮到他們認知世界的方式與普通人存在著根本差異，便也理所當然地接受這樣的結論。很多從大學畢業的莫克都會從事數據和理論領域的工作，瑪麗也說自己如果不選擇回國的話，可能也會從事軟體工程或數據分析等的工作。

關於莫克，我做了更詳盡的調查。為了解決大範圍的海洋汙染問題，僅投入使用數月的「Tetramide」造成了隔代出現視覺障礙症的孩童。副作用透過生態循環廣泛擴散，特別是在東北亞地區的發病率最高，人們用最初證實這種症候群的學者之名「莫克」稱呼所有存在視知覺問題的孩童。雖然莫克在接受視覺刺激上沒有異常，但卻無法將個別受到的刺激組合成具體的形象。因為人類眼中的世界，並不是世界本身，而是透過認知系統重組後的世界，所以對於無法進行重組的莫克而言，他們的世界都是碎片化的。散落的拼圖碎片，各種顏色的霧氣，彩色的抽象畫。有人把莫克這種缺陷視為一種浪漫，並稱他們為「抽象的一代」，但這種描述是否與莫克的世界一致便不得而知。

第一堂課，瑪麗帶來藍色的標籤貼紙，就是那種在大街上讓路人投票的圓點貼紙。瑪麗請我把它貼在手指和腳尖上。雖然我心存疑問，但還是照做了。

「Fluid 會告訴我空間上的位置座標。雖然我看不到標籤貼紙，但 Fluid 會把位置傳達給我，只要熟悉位置，腦海中有了座標，眼前就可以勾畫出動作的樣子。」

即使聽取瑪麗的說明，我還是無法想像。我沒有努力去理解瑪麗的世界，而是把精力放在教她一些簡單的伸展運動和基礎動作上。第二堂和第三堂課，瑪麗漸漸熟練那些動作。有時她看起來很疲憊，站在原地不停地眨眼。每當這時，我都會看到她的眼睛很不自然地環視四周，像是在努力捕捉什麼似的。偶爾她還會取下隱形眼鏡，然後再戴上。我問瑪麗，那是不是 Fluid，她搖搖頭說那只是連結輸入裝置的隱形眼鏡。

「Fluid 在我的頭蓋骨裡，算是一種植入的神經系統。您沒使用過路由晶片嗎？類似行動連結裝置的東西。」

「我沒辦法適應路由晶片，很多人似乎都不太能接受。」

「沒錯，我也聽說了。」

瑪麗露出了自信滿滿的笑容。

「只有像我們這樣的人可以適應。」

瑪麗說出這句話的時候，我感受到她心存的某種自豪，然而這種自豪讓我略感不適。

仔細想來，並不只是瑪麗的這種態度令我感到不適，許多圍繞她的東西都讓我感到很不自在。每次與瑪麗見面時，都會令我思考一些難以給出明確答案、同時也讓我感到不安的問題。瑪麗為什麼要表演自己無法欣賞的形態之美呢？難道她是想開一個關於美的玩笑，或者想欺瞞什麼？每次瑪麗提到莫克時所表露出的自豪感又是什麼呢？她想在課堂上學到什麼？她最終又想要證明什麼呢？

雖然我能以這類不自在為由婉拒續教她跳舞，但一來是好友的請託、且工時短、能賺取高額家教費……等各種理由，我最終沒有拒絕這份工作。但我明白自己想續教瑪麗的真正原因。瑪麗是一個陌生的存在，她刺激了我的好奇心。瑪麗是我從未接觸過的學生，未來可能再也不會遇到這樣的學生。瑪麗讓我異常好奇，想更進一步地了解她。我深知以這樣的理由來教學生很不妥當，但我還是這樣做了。

瑪麗笨手笨腳地學著跳舞，進度十分緩慢。我把在舞蹈班使用的基礎教學課程套用在她身上，雖然她很快就掌握像是跳躍和翻滾等的大動作，但對於收斂且需注重細節的小動作就顯得格外吃力，特別是緊貼地面的舞蹈技巧。瑪麗對這些小動作沒有興趣，似乎還很詫異。比起行雲流水般的連接動作，瑪麗更擅長模仿斷斷續續的動作。最難的是視線的處理，瑪麗的視線經常迷失方向。但與其說她不知道視線應該追隨手伸出的方向，倒不如說她根本不理解處理視線的必要性。

我會非常緩慢地示範所有的動作，然後在瑪麗對這些動作有所認知以後，逐漸加快速度，她會透過觸碰的方式來掌握一些需要動用手指和腳趾的動作。雖說這與教普通學生沒有太大的差異，但我還是經常感到不知所措。上課的時候，我會下意識地去揣想瑪麗如何接受這些動作，有時更會讓我感到自己的動作存在一種違和感。

瑪麗伴隨著音樂翩翩起舞，她有著很好的節奏感和記憶力，且與生俱來的肌肉使得身體十分輕盈。如果瑪麗打算準備入學考試的話，我會把她評估為非常有才能的學生。但瑪麗不注重細節，在她的認知裡總忽略手的動作和方向等細節。這也許與她的感知方式有關，她不會盯著我的示範或鏡子裡的自己，而是透過 Fluid 掌握動作。雖然從表面上看瑪麗與我做著相同的動作，但實際上我們做的卻是不同的事情。

有一次，瑪麗具體地向我講解了她的感覺輔助裝置 Fluid。Fluid 並不是一項新的技術，它更接近於之前開發的路由晶片改良技術。路由晶片將取代全球所有連結網路的消息曾經轟動一時，我也曾置身於那股浪潮之中。路由晶片是一種利用植入皮層或頭戴的隨行裝置來刺激感覺神經的神經晶片，這項首次實現的商業化技術可以讓所有人一直處於線上狀態。

儘管路由晶片的植入方法簡單且費用低廉，卻沒有得到普及，因為人們難以適應對感覺神經的過度刺激。參與測試的人們無法接受將外部的網路內在化，畢竟感覺一直有所連結與實際上一直存在連結是不同的。由於無法區分自我與外部世界，越來越多的人感到極度疲勞，最終路由晶片成了一種失敗的，又或者說是過於超前的技術。

我告訴瑪麗，之前使用過一次路由晶片，結果一整天暈頭轉向，甚至還臥病不起一天。瑪麗聽後覺得很有趣，笑著說：

「的確很暈。但您要是使用 Fluid，可能得暈上一個禮拜。」

因為向感觀世界傳送的超載信號加重大腦的負荷，所以引發路由晶片的副作用。但 Fluid 可以果斷地刪略掉大部分的感覺資訊，由此避免這一問題。莫克父母一代人中的科學家，將改造的第一代 Fluid 作為感覺輔助裝置使用在這些孩子身上，莫克們透過該裝置維持在線狀態，持續接收著外部由視覺資訊轉換成的感覺資訊。大量的資訊會透過網路進行處理，導入的 Fluid 大大提升莫克們的教育水準。

瑪麗說，她和朋友打算做的事情正是開發第二代 Fluid。

「我們在 Fluid 裡發現更大的可能性。如果 Fluid 的原理是讓我們一直處於在線狀態的話，那它也可以成為一種思考的工具。這也是之前路由晶片的功能。如果稍加改造，就可以將某種情感直接傳達給別人，因為 Fluid 直接與感覺神經相連，自然也就省略掉中間的媒介。」

其實當時我並沒有理解瑪麗的話。我小時候短暫體驗過的路由晶片只是單純的網路虛擬世界罷了，眼前的畫面呈現在腦海中就已經讓人感到很疲累。我覺得瑪麗提及 Fluid 的可能性時，多少帶有誇張的色彩。雖然對莫克而言，Fluid 是非常重要的工具，但在我看來，這項技術還尚未到達能細緻捕捉視覺資訊的階段，仍需要更進一步的改善。雖然瑪麗的話引起我的興趣，但我並沒有認真思考這件事。瑪麗透過 Fluid 熟悉了伸展運動，至少可以做幾組基礎的動作了。

舞蹈課進行了兩個月，某一天，瑪麗突然通知我說：

「老師，我要參加演出了。」

這件事真是有夠荒唐。剛學跳舞兩個月的瑪麗要上臺表演就已經夠荒唐了，非但如此，表演的還不只她一人，而是和莫克們一起表演。

瑪麗說她和朋友們要參加在秋天舉行的慶典活動，對瑪麗的舞技心知肚明的我真不知道該做出何種反應。後來得知，那是由市政府舉辦的音樂節，不僅要為無名歌手提供表演的機會，更公開招募特別表演。沒想到他們偏偏選中瑪麗，更把他們的節目安排在觀眾最多的時段。

「妳是怎麼做到的？」

「可能他們覺得我們的表演企畫寫得很新穎吧。」

瑪麗邊說邊聳了下肩膀。她在報名表中寫道，身為看不到美的莫克，他們很想向世人展示如何表達美。她還給尚不存在的莫克表演團取了一個團名。聽到她的話我不禁笑出聲。

「雖然不知道負責選拔的人是誰，但可以知道的是他被你們騙了。說是表演，可你們根本沒做任何準備啊。」

「您真的這麼覺得嗎？我覺得我們可以表演，畢竟我在跟優秀的老師學跳舞。」即使我的口氣很生硬，但瑪麗好像覺得很有趣，噗哧地笑出來。

不清楚瑪麗是否真的想參加活動，或他們的團體是否真的能表演，但我還是決定幫助她。瑪麗給我看了一支她想表演的舞蹈，但在我看來那支舞蹈太平凡無奇了。伴隨著節奏輕快的音樂，燈光照亮了黑暗的舞臺，身穿白裙的舞者翩翩獨舞。音樂過半後，其他舞者紛紛上臺，大家整齊地重複好幾遍單純的動作後表演就結束。我困惑不解地看到最後，影片結束時，瑪麗說：

「我很喜歡光線橫穿舞臺的樣子，在看過的影片中，我最喜歡這支舞。」

我思考起瑪麗為什麼最喜歡這支由最平凡的動作編排的舞蹈。

在此之前，我看著瑪麗張開雙手在虛空中揮舞，在鏡子前轉身，然後再回到原位倒立，我明知道她已經遠遠超出最初預期的模樣，但仍心存某種遺憾。初學跳舞，笨手笨腳在所難免，但比起這些，其實還存在更根本的原因——她一點也不在乎表現美。最初見面時，她提到自己不懂美，但比起不懂，應該說她根本不在乎。就結果而言，瑪麗的動作比起跳舞，看起來更像是木偶的功能性動作。

瑪麗說，她不關心動作的細節，因為莫克看不到，也感受不到具體的形象，如果沒有 Fluid 傳達的空間描寫，所有的舞蹈動作就只是橫穿虛空的形體移動而已。從瑪麗的立場來看，鏡子中映射出她的動作和我的動作，並沒有任何差異。

既然如此，瑪麗為什麼要上臺表演呢？為了自我滿足和在人前表演是不同的兩件事，更何況她自己也很在乎這次的表演。

「非要上臺表演的話，除了舞蹈也有別的選項啊。比如，唱歌。」

「之前我們唱過歌。」

瑪麗伸直手臂，一邊做著伸展運動一邊回答說：

「國中的時候，學校組過合唱團。在宣傳莫克教育院的慈善活動上，學校派我們上臺表演。我們的心情糟透了但也沒有選擇的權利，所以就亂唱歌詞，把表演搞砸。但您知道臺下的觀眾作何反應嗎？」

我看著瑪麗坐在瑜伽墊上，彎腰前傾伸手抓住腳趾。

「來參加慈善活動的人都哭了。」

我本該和瑪麗一起進行伸展運動，但我只是靜靜聆聽瑪麗的話。

「臺下的人不斷啜泣，更有人跑上臺擁抱我們。整個禮堂裡的空氣變得潮濕，這讓我們感到莫名其妙。他們哭什麼呢？那場表演糟糕透了。當時我們十五歲。雖然只有十五歲，但也會期待人們對我們抱以某種期待。那天，我才意識到，人們對我們沒有任何的期待。」

這不是一個愉快的故事。片刻沉默過後，我低聲說：

「既然這樣，那更應該避免跳舞這件事，那些人不會期待看莫克跳舞的。」

「我覺得您和我做的是不同的事，我們跳的不是同一支舞，所以我可以無視人們的期待，反正他們也不知道我在做什麼。」

瑪麗隨口一說，接著又伸手抓住腳趾。

現在回想起來，我應該從瑪麗的言語中察覺到她想上臺表演其實另有目的，但當時我只顧思考那句「您和我做的是不同的事」。

我用瑪麗的選曲編排一支舞蹈，練習的時候又根據瑪麗的情況進行修改。按最初的編舞教她一遍以後，發現許多需要修改的部分，然後添加了大動作和使用空間的部分，也縮減她無法理解的細節動作。瑪麗獨舞的部分練習好後，接下來是團體舞的部分。我想到瑪麗說，她已經找到了一起跳舞的朋友。

「從現在開始要練習團體舞的部分，最好也讓妳的那些朋友來上課。」

瑪麗給了出乎意料的回答：

「您只要按平時那樣教我就可以了。」

「就可以了？你們都沒練習，怎麼上臺表演？」

「我學會的話，其他人自然也就學會了。」

「妳的意思是，妳會教其他人？」

「準確地說，應該是 Fluid 會教大家。現在 Fluid 差不多進行到最後的開發階段，已經能夠很流暢地傳達本體的感覺，它可以認知空間上的身體位置，控制身體。」

瑪麗對一頭霧水的我笑笑，指了指自己的腦後。我記得她說過，Fluid 不僅僅是一種視覺輔助工具。

「給您看一下。」

瑪麗播放摺疊式螢幕上的影片，只見那些從未上過舞蹈課的朋友們正跳著我教給瑪麗的舞蹈。我大吃一驚。

我隱約明白，至今為止瑪麗描述的 Fluid 是一種多麼脫離常識的工具。如果 Fluid 真的是一種傳達身體感覺的連結網，那它究竟是如何運作的呢？

「您不好奇 Fluid 嗎？」

瑪麗笑著問道。

自從那天之後，瑪麗經常邀請我也體驗一下 Fluid，還問我難道不想嘗試一下新的感覺工具嗎？她還說，自己是 Fluid 的共同管理人，能設定連結的權限。瑪麗的提議聽起來就像邀請我喝下午茶那樣輕鬆。

我清楚地記得初次連結 Fluid 的瞬間。

「一開始就打開所有的感官接收資訊很危險，可能引發嚴重的暈眩，所以我會限制資訊。」

我接過瑪麗手中的晶片插入連接器，閉上了眼睛。

Fluid給我的第一印象是數以萬計的聲音，人們在抽象的空間裡交流著。粉色、藍色和淡紫色的霧氣貫穿我，四面八方傳來講話的聲音。雖然看不到人，但當聽到聲音的瞬間，講話的人彷彿就現身了。講話的人僅存在於當下，這些人不受限於某種被劃分、隔離出來的團體，比起具象的形體，他們呈現的都是具體的聲音。

起初由於講話的人太多，所有的聲音都混雜在一起，所以很難聽清楚他們在說什麼。我集中注意力，才分辨出他們在講的幾件事，聽懂了幾個具體的詞彙：瑪麗的舞蹈、瑪麗的表演、瑪麗的朋友們。有人在歡迎我，我很想做出回應，但在這樣的空間裡，我不知道該如何發聲。在一片嘈雜聲中，很難感受到時間的流逝，我就像蒙著眼睛走路，捆綁著手腳游泳一樣。最後，我聽到一件很奇怪的事。但還沒等我搞清楚前，那些話就撞到了瑪麗設置的保護牆上，立即消散開來。

某處傳來瑪麗的聲音：「到此為止吧。」很快，空間的四角開始扭曲晃動起來。

「怎麼樣？」

我睜開眼睛，瑪麗一臉期待的表情問道。

「很暈欸，我都不知道他們在講什麼。」

「不覺得很有趣嗎？」

「好想吐喔。」

我搖搖晃晃朝廁所走去，心臟撲通撲通直跳。瑪麗說得沒錯，這是新的感覺，新的溝通方式，這不是單純的虛擬網路。

我思考著退出前從遠處傳來的那句話，那是很危險的事，不能讓我知道的事。他們說的是什麼事？難道是因為突然接收各種信號而產生的錯覺嗎？即使我感到非常混亂，但還是搖搖頭把這件事拋到腦後。

或許是因為我沒有拒絕瑪麗的提議並表露了對莫克世界的好奇，瑪麗才覺得可以引導我進入他們的世界。自從我體驗 Fluid 以後，瑪麗時不時就會講一些耐人尋味的話。

「有些人還會選擇成為莫克。轉換很簡單，醫學上稱之為『傳染』，但其實只要一顆膠囊就可以體驗暫時的視知覺障礙。如果服用多次的話，也是能成為後天莫克的。」

「竟然還有人選擇成為莫克。真是奇怪的人。」

聽到我這樣的反應，瑪麗用抗議的口吻說：

「這一點也不奇怪。通常體驗 Fluid 的人多半都是莫克的家人或朋友，他們都有考慮轉換。透過 Fluid 他們了解到，成為莫克並不是一種缺陷，而是一種變化，說不定還是一種進步。」

我無法理解瑪麗，更不明白她堅稱莫克不是一種缺陷的主張。瑪麗之前提到過，在我不知道的地方，很多父母會將莫克小孩關起來撫養或殘忍殺害，像她這樣獲得援助的莫克不過是特殊情況。堅稱莫克不是缺陷，可以理解成是一種對於壓迫的反抗心理，但醫學分明把莫克判定為一種障礙，瑪麗為何還提出這種主張呢？這種主張存在著我想不透的矛盾。但與此同時，我很喜歡觀察瑪麗帶我進入的陌生世界，那個世界充滿了陌生人的聲音，我渴望一種新的感覺。

每次爭論到最後，瑪麗都會笑著說：

「老師，我們還是上課吧。」

教瑪麗跳舞正是發現那種新感覺的過程，觀看環繞練習室的鏡子的人只有我自己。跳舞對瑪麗而言，不是把手臂伸向空中溫柔地移動、旋轉，而是將位於某處的抽象物體以直線移動，然後拋擲到另一處的過程。正如瑪麗向我解釋她的感受時我無法理解她那樣，瑪麗也無法理解我反覆的說明。我不斷重複相同的動作，只為向她傳達空間位置上的變化。

有時與瑪麗一起，我感覺自己彷彿蒙著雙眼在跳舞。每當此時，我會覺得自己表達的不是動作，而是內在無以名狀的，存在於肌肉裡的、皮膚下的和血管內壁的某種什麼。與瑪麗共舞的時候，我想像自己走出了一個受限的世界。

但在我的腦海中，始終無法抹去那種感覺帶來的陌生感。

有一次，瑪麗把那種轉換膠囊帶來練習室。雖然她只是想向我展示那樣東西，但我始終非常在意。到底什麼人需要這種膠囊呢？真的像瑪麗所說有人自願成為莫克或體驗莫克的感覺嗎？那天上課的時候，我的視線始終沒有離開瑪麗的包包。不曉得瑪麗有無注意到我的視線，我覺得她的包包裡放著沒有封印好的毒藥。

隨著演出日期逼近，有事即將發生的預感也越來越強烈。瑪麗似乎再也不需要我的幫助，她透過我無法理解的方式利用 Fluid 與莫克朋友們討論事情的時間也越來越長。瑪麗獨自練習時偶爾會詢問我的意見，但我總想比起追求舞蹈的完成度，她更像是為了隱瞞什麼。在我看來，上臺表演和吸引人們的視線才是瑪麗的目的，但究竟是為了什麼呢？

我只體驗過一次 Fluid，但自那次後我經常會做夢，夢裡聲音的碎片擊打著我一閃而過。不過是一次受限的 Fluid 體驗，卻使我留下很深的傷痕。我無法不去思考這件事並好奇：如果沒有瑪麗的設限，以莫克的方式連結 Fluid 後，我可以感受到什麼呢？

也許可以感知到更多的東西，除了對他們沒有多大意義的視覺資訊外的所有感覺，而其中一種是……。

瑪麗說，Fluid 就快完成了。

為了完成 Fluid，最後所需的感覺是什麼呢？

忽然之間，我萌生一種可怕的想法。我突然明白那次在退出 Fluid 前聽到的話是什麼意思。雖然瑪麗限制我聽取所有對話，但我還是聽到不該被我理解、僅屬於莫克世界的一些對話。

我翻開瑪麗的包包，找出路由晶片和簡易連接器，在她的包包裡還看到上次我使用過的那個改造路由晶片。

那天晚上我一連上 Fluid，擁有管理權限的瑪麗就發現我。但在她強制我退出以前，那些四處飄散的聲音就此進入我的腦海。

莫克們討論著即將完成的 Fluid。

莫克們討論著新世界。

莫克們討論著莫克們。

莫克們討論著更多的莫克們的事。

莫克們……討論著……某一件事。

他們的意見不一，衝突的主張相互碰撞著。斷斷續續的對話使我感受宛如被碎片擊中的痛症，以至於無從而知細節。

隨後我意識到，瑪麗想上臺表演的並不是單純的舞蹈，她正準備進行一件非常危險的事。

有別於莫克，我並不熟悉這種型態的溝通方式，但瞬間我彷彿明白了瑪麗為什麼說他們這種溝通方式更為進步。在那個空間裡，所有的聲音以同等的重量相互碰撞著。在闖入莫克們刪減過不必要的感覺資訊的抽象世界裡，我即使閉著眼睛，也仍不安地等待著視覺資訊。無論我如何集中注意力，始終都無法獲得更多資訊。他們到底打算做什麼？

儘管不清楚他們具體要做什麼，但我已經猜到將要發生的事。等我退出連結睜開眼的時候，已經是午夜。

瑪麗來電但我沒有接。她接連又打了幾通電話，我乾脆把手機設成靜音扔在床角。我必須說服瑪麗並阻止她，但我絲毫沒有頭緒。

隔天見到瑪麗時，她看來憔悴，似乎一夜沒有闔眼。

「我知道妳要做什麼。」

「我知道您已經有所察覺了，但請不要妨礙我們。」

「為什麼要選擇這麼偏激的方式呢？」

「不這麼做，就什麼也不會改變。」

「單方面的改變又有什麼意義呢？」

「您怎麼能這麼說呢？至今為止，為了適應這個世界付出努力的人，是我們莫克，不是你們。」

「我還以為妳是真心想學跳舞，但沒想到這不過是妳為了完成可怕計畫的事前準備。」

比起像個大人，我的言行就像遭受到背叛的孩子般，把憤怒發洩在瑪麗身上。在那一刻，我感到此前與瑪麗交流的所有感情都是虛假的。

「老師，在遇到我之前，您接觸過其他莫克嗎？」

「沒有。」

「那您想過為什麼嗎？」

我啞口無言了。

「您不也是在體驗之後，理解我了嘛？」

並不是這樣的，我所謂的理解其實沒有任何意義。無論是舞蹈、動作，還是內在的美，對瑪麗而言根本無關緊要。

「我們的舞蹈課就到此為止吧。」

瑪麗僅僅是為了感受身體的感覺、為了完成 Fluid、為了改變人們。

「舞蹈課對妳已經不重要了。」

當下我以為瑪麗流露出的是傷心的表情，但下一秒便意識到那不過是我的錯覺，是我希望從她的臉上看到那樣的表情罷了。瑪麗看不到我的表情，也不想理解我，她在乎的只是莫克們堅不可摧且充滿彈性的世界。

瑪麗叫住走到門口的我：

「請不要走。」

瑪麗已經不需要我了。

我走出練習室，感覺被排擠出框架之外。那種感覺很奇怪，就像被從未歸屬過的世界驅逐出境一樣。

雖然我試圖寫匿名檢舉信，但沒有人相信我。莫克會計畫這種事？妳該不會是在網路上看到什麼奇怪的陰謀論吧？大家給出諸如此類的反應，而我卻拿不出任何證據。我在 Fluid 上看到的，是無法以其他的方式傳達的感受。然而，莫克們正以專屬於他們的方式展開對話。

那天，我沒有去看表演，因為我明白瑪麗要做什麼，也很害怕即將發生的事。匿名檢舉無人問津後，我便再沒對誰提起瑪麗的計畫。但現在勉強可以重提這事了，我只是想知道是否還有人體驗過我曾經歷過的事。雖然因為放任瑪麗，讓我事後也成為警察懷疑的對象，但如果再回到當時，我應該也不會極力去阻止瑪麗。

雖然這樣說很奇怪，但我認為瑪麗有權利那麼做。

那天，發生了世人皆知的那件事。

瑪麗和朋友們向前來參加音樂節的數千名觀眾噴射了含有轉換物質的煙霧，大家以為那是舞臺特效，所以在毫不設防的情況下吸入煙霧，下一秒他們的世界就徹底模糊了。人們發出慘叫聲，他們既憤怒又害怕。在場的人無處可躲，卻還是拚命逃離現場。傷者案例層出不窮，許多人都出現視知覺障礙。在一片混亂中，瑪麗就此消失得無影無蹤。

同一時間，莫克們湧上街頭。有的莫克走上人潮擁擠的街道，做出與瑪麗相同的行為；有的莫克沒有噴射煙霧，而是投擲膠囊。然而，更多的莫克就只是站在街頭。

瑪麗留下許多爭議後，徹底消失了。

人們堅稱，無論如何都要將瑪麗繩之以法。許多人因為視知覺障礙而痛苦不已，雖然只是暫時的症狀，卻給他們留下嚴重的心理陰影。有的人在歷經這事件後更加厭惡莫克了。這些人表示，就因為瑪麗和莫克發動的這場恐怖襲擊，日後再也不會有人願意接納他們。事後出現諸多針對莫克的犯罪證實了這些人的話。

但也有人做出令人費解的選擇。他們不肯接受治療，選擇了莫克的人生。這些人非但沒有得到周圍人的理解，甚至還變成社會嘲諷的對象。還有的人在恢復視覺以後，表示透過這起事件才理解莫克。存在爭議性的選擇還引發出關於莫克的其他討論，一些人驚訝於至今為止竟然不曉得莫克的存在。無論做出何種選擇，人們都無法重返事件發生前了。

瑪麗在消聲匿跡前，傳給我最後一則簡訊：

「老師，舞蹈課上得非常愉快。」

我沒有回覆。我在心裡思考許多事卻一個字也沒有回應。就因為瑪麗的這則簡訊，我被警察追查了一年多。想到這，我不禁後悔當初應該回應她做個道別。但轉念一想，瑪麗可能也沒在等待我的回覆。

那件事之後，Fluid 的伺服器關閉。但不到幾個星期的時間，幾百個 Fluid 團體又再次出現，他們在各個團體之間建立起其他的連結網。如今已經沒有所謂的中心，取而代之的是，這些莫克在碎片化的世界裡獲得了自由。

直到現在，我偶爾還是會做與 Fluid 有關的夢。在那個世界裡，人們依舊以聲音的型態而存在。我的感覺是受限的，無法像莫克們一樣感受他們豐富的世界，但我努力用受限的感覺探索著那個世界的表面。

我不認為 Fluid 是一個完美的空間，但總覺得那是我們可以嘗試的溝通方式。

現在是時候交代最後的結局了。幾天前，我收到一封匿名的訊息，傳訊息的人自稱是當時在場觀看瑪麗表演的莫克。

我們約在咖啡店見面，談聊這件事。那個人透過 Fluid 瞭解到瑪麗的計畫，但並沒有贊成她，因為他擔心會出現人員傷亡。針對瑪麗的計畫，莫克之間也是各持己見，爭鋒相對，但他最後還是選擇妥協。當天，瑪麗上臺表演時，他就站在舞臺旁。當人們驚慌失措逃離現場的時候，他幫助那些被人群推倒在地的人們，還向傷者傳授治療方法。他表示至今也無法認同瑪麗的做法，依然認為那是不妥當的行為。但他回憶說到，在舞臺上看到的不僅僅是事件爆發前的場景。

「如果那天您也來觀賞表演的話，瑪麗會很高興的。」

他為我講述起那天的表演。他說，瑪麗真的有在舞臺上跳舞。瑪麗伴隨著音樂，跳躍、翻滾於舞臺之間，彎曲的手指似乎在表達什麼，觀眾能感覺那一瞬間的動作似乎對她十分重要。雖然不曉得是出於瑪麗善變的性格還是為了吸引人們的視線，又或者是帶有其他目的，總之可以肯定的是，那支舞蹈的某些部分與 Fluid 沒有任何關聯。至少在某些瞬間，瑪麗看起來是真心在享受跳舞。

「我很想把那天看到的表演描述給您聽。」

他還說，瑪麗似乎在遙遠的地方過得很好，如果在莫克間聽聞瑪麗的消息一定會通知我。說完，他站了起來。

我看著那個人的背影，目送他推開咖啡店的門，直到他消失不見。我就像被莫名重物壓迫般又端坐許久。

窗外的太陽徐徐落下，色彩變換的光線灑在桌上。

陽光是如此千變萬化！

我的腦海中忽然浮現在某個地方翩翩起舞的瑪麗。

她依舊跳著如同木偶般的舞蹈，手腳將沿著空中計算好的軌道滑過。美將存於表面之下。此時展現出來的美，對任何人都不再重要了。

所有的感覺在碎片中愈見鮮明，我聽到數以萬計的聲音，那是瑪麗留在這裡的、各種不相同的聲音。

座艙方程式

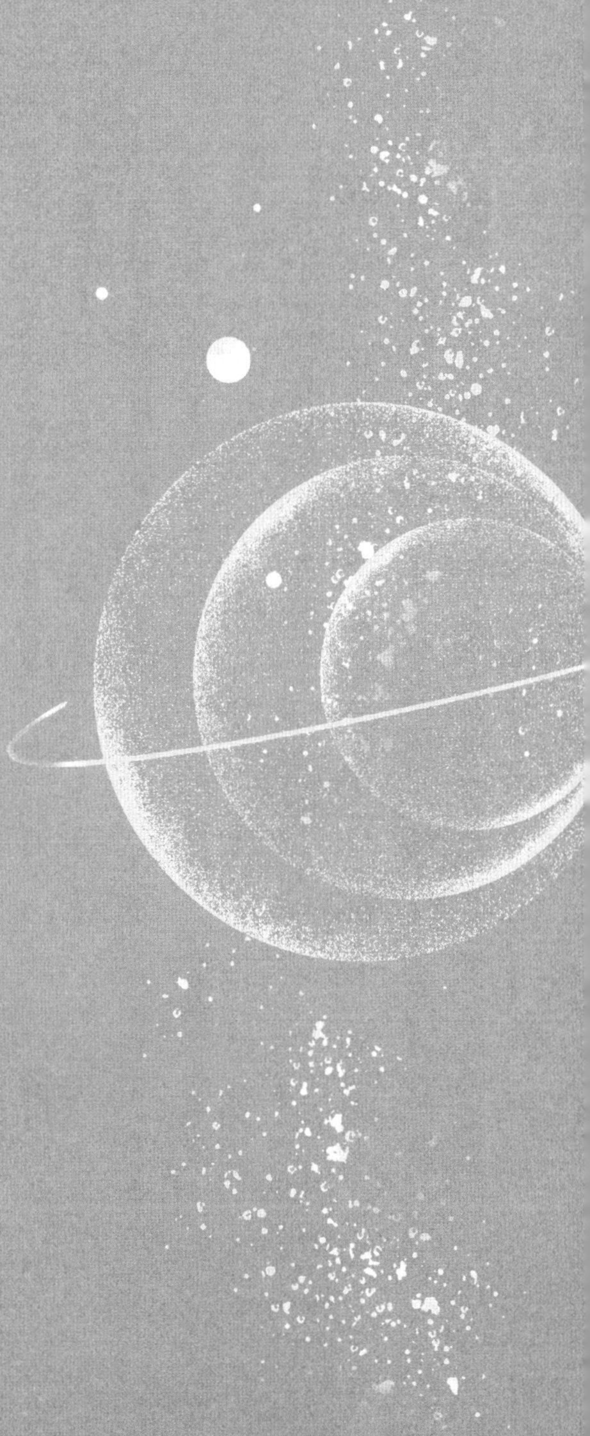

【因強風停止運營。】

拴在鐵鍊上的告示牌擋住了入口。難道這就是蜂擁滿員的車裡，忍受四十分鐘臭汗味的結果嗎？我感到精疲力盡，但還是不想就這麼放棄了。我探頭探腦看向裡面，只見摩天輪還在一圈圈地轉動著。顯然摩天輪不可能靠強風轉動啊。

見我一直在入口處遊來晃去，工作人員推開售票亭的門。一臉不悅的男人探出頭，斬釘截鐵地說：

「妳沒看見告示牌嗎？現在無法搭乘。」

「對不起，就不能通融，讓我坐一下嗎？它不是還在轉嘛……晃得厲害也沒關係，我膽子大得很。」

工作人員眉頭一皺，說道：

「怎麼回事？妳也是聽到什麼奇怪的傳聞趕來的？都說不行了，下次再來吧。這不是讓妳坐一下的問題，而是安全問題。妳看看後面十幾個人，人家也排了老半天的隊，最後都放棄了。我要是讓妳一個人上去，其他人怎麼辦，我可擔不起這個責任。」

話已至此，我總不能一直繼續糾纏，所以只好唉聲嘆氣轉身離開。我心想既然在這，不如拍一張照片，於是拿出手機舉在半空。風真的很大，大到不得不撥開遮住視線的頭髮。我仰起頭，只見一個個座艙在大風中搖擺不定。

粗大的白支架上重疊著兩個巨大的圓，一條條鋼筋以扇形從圓的中心延伸至圓的邊框，五顏六色的座艙按照一定的間隔懸掛在連接兩個圓的鋼筋上，由一個個又小又圓的燈泡鑲嵌而成的英文「Big Wheel」映入了我的眼簾。若是在夜幕襯托下，這摩天輪看來還似乎煞有介事，但現在的天色不明不暗，加上沒有打開任何照明燈飾，說它是蔚山的熱門景點也未免太過牽強。

我一直覺得蔚山興建了一個只有在觀光城市才有的空中觀覽車實在可笑，因為提到蔚山，人們立刻聯想到的是工業城市，眼前隨即浮現出一排排的工廠和貨櫃。偶爾看到旅行雜誌以國內最大的市區摩天輪為題介紹蔚山的空中觀覽車，但就像在地人看待標誌性建築，蔚山的市民對此也漠不關心。

我最後一次搭乘這座摩天輪是在高中，那時和姊姊在高速巴士站等車，為了打發時間坐過一次摩天輪。當時，我和姊姊有說有笑也為此感到興奮。但現在回想，也沒有留下什麼教人印象深刻的風景。只記得坐在座艙裡，時間過得非常緩慢，而且搖晃得非常厲害，抵達頂點時還感到又暈又想吐。

我後來得知，在最近流傳出那個奇怪的傳聞前，這座摩天輪就以恐怖摩天輪而出名。有別於世界各地觀光城市、經常出現在明信片中的拉斯維加斯的豪客摩天輪和倫敦的倫敦眼，蔚山的摩天輪就像從破舊遊樂園直接搬過來的一樣。由於建在百貨公司的樓頂，所以就高度而言，感覺又比一般的摩天輪更讓人頭暈目眩，不停搖晃的座艙不僅窄小，又距離支架過近，總是能聽到特有的噪音。搭乘這種摩天輪，搞不好還會得懼高症。體驗過的人都叫它地獄摩天輪，還有人嚇得說艙門不停發出聲響，還以為會整個掉下去。

為了去一樓，我來到電梯門口，遇見幾位跟我處境相同的人。在等待幾乎每層樓都停的電梯時，幾個身穿制服的學生的對話傳進我的耳裡。從他們的對話可以推測，這幾位學生和我同樣都是為了確認那則傳聞而來的。一位學生抱怨說：「都說沒什麼特別的了，根本就不應該來。」有人反駁道：「都來了，放那種馬後炮有什麼用。」幾個人你一嘴、我一句，恐怕再這麼說下去就要吵起來。幾位學生意識到我，彼此互看了一眼，全都閉上嘴。我心想確認，於是與他們搭話：

「請問，這座摩天輪很有名嗎？」

「嗯？」

「剛才工作人員說了些奇怪的話。」

聽我這麼一說，幾個學生瞪圓眼睛，竊竊私語幾句後反問：

「妳一個人來的？」

「聽說一個人坐這個摩天輪會死的。」

「喂，才不是呢。」

原來傳聞還有一人坐喪命版？這我還是第一次聽說。

「啊……還有這種傳聞？」

氣氛變得異常尷尬。我假裝不知道，又問了一句：

「我本想一個人悠哉地看看風景，但沒想到遇到強風。話說回來，你們聽到什麼傳聞了啊？」

關於傳聞的事，我早有耳聞。幾個學生看到我很好奇，爭先恐後地討論起來。託他們的福，我更具體了解傳聞的事。

回家後，我按照幾個學生說的關鍵字搜尋。之前輸入「蔚山摩天輪怪談」的時候，就只看到「約會推薦路線」和「蔚山夜景」等像是付費宣傳的主題文章，但這次終於看到實用的內容。這些怪談按照幽默、奇聞和恐怖分類刊登在自由布告欄上，還看到某社群平台的最新文章標題是「你們知道蔚山那個鬧鬼的摩天輪嗎？」不知從何時開始，接連不斷地出現許多親眼目睹摩天輪超自然現象的文章。這些傳聞的內容大同小異，但都具一致性的描述——當座艙抵達頂點時，發生奇怪的現象。

簡單整理如下：

1. 抵達頂點，視線從窗外轉向座艙內部時，會看到地上有血跡。

2. 抵達頂點，閉上眼睛再睜開時，會看到窗戶上的鬼手印。切記不可把手掌放在上面。

3. 一個人坐摩天輪抵達頂點時，會看到對面坐著一個抱著兔子娃娃的少年。如果視線看向少年的雙腿，那天就會被鬼壓床。

（……）

還有很多不同版本的傳聞，像是只有第39號座艙才能看到少年。那篇文章下面有一則留言令網友錯愕不已，留言寫道：「無論我怎麼等，都沒等到第39號座艙。」還有人回覆，要搭乘單數的座艙，有人還追加必須在下雨天搭乘的條件。我看了半天內容相似的文章後，關掉了電腦。

說實話，我一點也不關心這些傳聞是否屬實。不，應該說我根本不相信這些傳聞。在姊姊二十多年來的嚴格教育下，我成為一位唯物論者，我始終堅信這世上的鬼怪、幽靈和超自然現象都是人類偏執地歪曲認知和文化下的產物。我之所以關注這些傳聞，是因為把我教育成唯物論者的姊姊寄來的一封信。

噢，對了。聽說最近流傳起關於百貨公司頂樓摩天輪的傳聞。那裡一定有什麼，妳有空去看看，怎麼樣？我的計算很準的。

我很想問姊姊是不是在開玩笑，她是極度厭惡怪談和鬼故事的人。姊姊想必不是出於害怕，而是覺得莫名其妙。我念國小時，非常流行封面是黑底紅字的怪談系列漫畫。我好不容易跟朋友借來的漫畫，結果全被姊姊扔進垃圾桶。見我哭哭啼啼地抗議，姊姊搬出藉口說什麼那種書對我的情緒發展有害。我氣得咬牙切齒，根本不相信她說的那些成熟的藉口，她當時也不過是國中生，只比我大三歲而已。

姊姊經常說，所有的現象皆有原因。當血型性格、星座占星、筆仙和手肘女鬼的故事支配我們天真爛漫的大腦時，姊姊始終堅守信念，一臉嚴肅地到處跟別人爭論不休。讓我感到驚訝的是，這樣的姊姊竟然還能交到朋友，而且還順利畢了業。但現在呢？她竟然要我去調查過去自己不屑一顧的怪談。

失聯了這麼久，好不容易取得聯繫後，姊姊寄來短短幾行字就只提到摩天輪。摩天輪就那麼重要嗎？重要到就只寫一句問候我的話？我越想越覺得無言，甚至有些生氣，但最後仍只能笑笑。

這封信有不容忽視的原因。我很想知道姊姊為什麼突然對摩天輪產生興趣，其中自然有她自己的理由。但我之所以在意不是出於對姊姊的信任和尊重，而是由於我很在意她寫花費的時間。普通人打出十行字的信最多只需一個小時，但姊姊卻要花費一個星期以上的時間才能辦到。

我想像姊姊為了打出那封信的句點，在輔助器前端坐許久，長時間盯著畫面，以非常慢的速度轉動眼球拼寫出那些文字。時隔三年收到的這封莫名其妙、若無其事的信，徹底讓我陷入混亂。我不知道姊姊是為了讓我安心，還是平白無故地給我找麻煩，又或者是真的出於好奇想了解傳聞的真相。

好吧，管它是什麼原因。

看來關於摩天輪的事，姊姊真的思考了非常久。

我記得讀到第一篇姊姊的論文是〈固定局部時空泡沫的條件與存在證明〉。那是一本黑色精裝本上印有金箔字體標題的學位論文，裡面收錄姊姊攻讀博士期間，刊登在期刊上的兩篇論文。姊姊送給我一本，說是最後面的感謝辭裡有我的名字。姊姊寫論文我其實沒幫什麼忙，只是偶爾買些零食放在凌晨都還沒回到家的她書桌上而已。看來姊姊的論文，我也貢獻了一兩行。

翻開那本論文，裡頭全是英文和數學公式，數學公式的符號我從來沒見過，也不知道怎麼讀，還好論文的最後兩頁是用韓文寫的摘要。閱讀時，我的視線駐足在下面這段文字上。

遍布整個宇宙的高密度暗物質誘導局部時空出現歪曲現象，佛林斯將其稱之為我們的宇宙存在許多口袋宇宙。

這句話既不是正文也不是結論，只是說明研究背景的一句話。「我們的宇宙存在許多口袋宇宙。」我非常喜歡這句由既陌生又熟悉的詞彙組成的話，而且能感受到姊姊對這個世界之外還存有其他宇宙充滿確信。就像我用一生也無法追趕上姊姊的世界，這句孤獨的宣言彷彿在訴說我們的宇宙外，還存在著宇宙的宇宙。我反覆閱讀這句無法理解的文字，想像姊姊正進行那很了不起的研究。

姊姊的論文在學術界大受矚目。學位論文審查結束後，準備出發前往德國以前，姊姊答應了兩名記者的採訪邀約。那天，我看到姊姊以尷尬的姿態坐在家門前的咖啡店裡，於是提議幫她模擬練習。我突襲式地提出幾個問題。

「柳賢和博士，請問什麼是時空次元泡沫？這很像科幻小說裡出現的名詞。利用時空泡沫，就可以進入其他次元的宇宙嗎？可以遇到外星人？」

「時空泡沫……喂，妳可真有意思。」

「我是認真的。妳不好好回答的話，人家寫出來的報導也會很奇怪的。」

「不是時空次元泡沫，是局部時空泡沫。」

「所以，那是什麼呢？博士？」

見我裝模作樣地發問，姊姊清清嗓子。

「時空泡沫是在局限的微觀世界裡，以特定規模產生的現象。時空泡沫不可能通往其他次元。由於這是相當難理解的概念，所以很容易引起大家的誤會。但其實，時空泡沫的重大意義在於它從理論上證明了之前我們提出的有趣假說——時空泡沫能夠維持在普朗克長度（Planck length）以上的量級。」

「妳說的這些，我一句也聽不懂，就不能說得簡單些嗎？我得寫出連國小生也能看懂的報導。」

「賢知啊，妳去洗碗吧。」

「喂，為什麼又是我？這次輪到妳了耶。」

「我消化不良，沒力氣洗碗。」

我把準備落跑的姊姊推到廚房，再次回到房間時看到滿屋子姊姊的痕跡。這個空間與其說這是姊姊的臥房，倒更像是物理學家柳賢和的書房。資料夾裡的論文、參加學會時拍的照片、便利貼和白板，房間角落處放著一個三十吋的藍色行李箱和三個四角纏著膠帶的紙箱，紙箱上寫著「夏」和「冬」。我勸姊姊衣服等到德國再買，但很節省的她還是打包了衣服。

一個星期後，我在金海機場為姊姊送別。她握著我的手直搖半天，叮囑我下個暑假一定要到德國找她玩，還說要請我喝啤酒、吃德式豬排和香腸，一直吃到膩為止。

姊姊收到幾間研究所的聘書。她在漢堡先後又發表幾篇與產生局部時空泡沫的特殊條件有關的論文，三年後又動身前往聖塔芭芭拉，在那謀得研究教授一職。姊姊搬去聖塔芭芭拉沒多久便發表了第七篇論文。我在補習班教國中英文文法，每次看到學生們哈欠連連時，就會講姊姊的故事給他們聽。別看孩子們對理論物理學毫無興趣，一旦聽到像英雄般活躍在學術界的理論物理學家事蹟時，小眼睛仍會閃閃發光。

姊姊沒能發表第八篇論文。

凌晨三點，我接到一通電話，聽到電話另一頭傳來英文時，我先是一陣慌張，緊接著一顆心徹底冰涼。

我在洛杉磯機場轉機前往聖塔芭芭拉，抵達醫院後繳付住院費。親切的醫護人員列出清單，救護車兩千美金，每天的住院費三千五百美金，還有各種檢查費用。研究所有替姊姊買保險嗎？能得到多少賠償金呢？當我走進病房看到姊姊的瞬間，這些數字立刻從腦海中消失。姊姊的四肢綁纏繃帶，緩慢地眨著眼睛，似乎掛著一抹淡淡的微笑。我很難過，但也鬆了一口氣。我看著姊姊的眼睛說：

「我來了。妳這麼快就醒了，但……」

我沒能再講下去。

姊姊並沒有看我，她沒有任何反應。姊姊的一雙眼睛好似嵌在娃娃臉上的假眼球。醫生也說不清姊姊的狀況。雖然姊姊的身體功能一切正常，但問她什麼、叫她的名字、拍手或在她眼前揮手都沒有反應。醫生說，姊姊只會對觸覺稍作反應，但也不是一般的反應。用手抓住她的手臂、綁住橡皮筋施壓或用鋒利的東西刺她時，她不會有立即反應，而是很久後才做出相當緩慢的回應。醫院為姊姊安排各項檢查。研究所的同事則趕來協助處理申請保險金的事宜。

過了一個月後，我才曉得姊姊的症狀。醫生以發現有趣病例的態度傳達令人悲慘的事實，面對醫生的態度，我感到更加難過。

「患者的大腦，認知時間的神經迴路出現問題。其他感覺神經都能正常運作，但她無法正常整合這些感覺。這種情況非常罕見，醫學界有正式報告的案例也只有二十件。」

醫生的診斷簡單明瞭。姊姊的不幸一點也不平凡，她以非常特別的理由變得更加不幸。但這究竟意味著什麼呢？

那天，我反覆思考著這一診斷的意義。

時間是一種被相等分配給所有人的資源。或許姊姊也對這種說法深信不疑吧。有人會問，我們看到的紅色是相同的紅色嗎？但卻沒有人會問，我們感受到的一秒鐘是相同的一秒鐘嗎？事實上，時間既不客觀也不平等。時間需要透過人類的大腦分析。

有些人的一天在別人看來如同半天，即使身處同一個空間的人們共享同一秒，但其實所有人的內心都存在著不同的時鐘。

我們無法測量時間的物理屬性，多細胞生物透過整合認知來感受時間，我們看到的、聽到的和感受到的震動都是經由大腦解釋和編輯後對於時間的感覺。我們可以區分一天、一小時、一分鐘、一秒鐘、一個月和一年，但在各自的大腦中對於流逝的時間感卻是截然不同的。

姊姊的內在時鐘發生故障。醫生說，在姊姊的大腦裡時間會以一個小時，或十分鐘為單位無限的緩慢流逝。雖然姊姊其他的感覺和身體功能皆正常，但絲毫沒有意義，因為她的時間感已經扭曲，因此無法與外部世界進行溝通……就算是聽到這樣的說明，我也不確定姊姊到底正經歷著什麼事。

「妳能聽到我講話嗎？」

我不知道該怎麼跟姊姊溝通了。

「柳賢和。柳博士。」

我很好奇姊姊現在有沒有思維。

「姊，妳倒是回答我啊。」

無論我說什麼，姊姊都沒有反應。

如果用一天的時間思考十分鐘的話，那還是思維嗎？這個問題湧入腦海，隨即一閃而過。與其說是思維，不如說是意識的碎片或接近於音素的概念吧？姊姊知道自己此時身在何處，吃了什麼，誰站在她面前嗎？即使我陪在她的身邊，和她講話，替她更衣，擦洗身體，但她一眨眼是不是就把這些事都遺忘了呢？

我無法想像姊姊現在理解世界的方式。

她在聖塔芭芭拉醫院嘗試過三、四種療法後，不見起效，但與出事後無法一人站立行走相比，姊姊現在已經能在有人攙扶下走動，不過僅此而已。

我和姊姊一起回到韓國。為了拿到行動補助，我申請了審查。在資格審查的過程中，被問到諸如「姊姊是怎樣的一個人」、「她想做什麼」和「有什麼想法」等，這些問題顯然毫無意義。登門拜訪進行評估的社工人員解釋說，這是為了防止有心人不當領取補助。之後他們又詢問姊姊現在是否能一個人走路、吃飯、如廁，以及身體狀態，然後逐一進行評分。與姊姊內在的時鐘相比，外部世界的時間過得飛快。我請了一位白天負責照顧姊姊的人，之後又在蔚山的補習班找到一份講師的工作。父親辭去工作，晚上留在家照顧姊姊。姊姊整日不是坐著就是躺著，房間裡的電視一直開著，但她似乎沒有在看電視。

我偶爾會想起姊姊說過的話。所有的現象都有原因。既然如此，那她變成這樣也應該有原因。肯定有原因。雖然能簡單明瞭地指出是大腦整合感覺的機能發生問題，導致失去時間知覺，但這不過是籠統的說辭，並沒有解釋清楚最終的原因。

不幸也有最終原因嗎？姊姊疲勞過度，還沒睡醒就去上班，結果車子偏偏沒避開障礙物，而她也未能保護好由脆弱神經細胞構成的大腦。不過是小小的撞擊卻造成大腦連鎖性的損傷，瞬間失去了原有人生的一切……如果這就是原因的話，那還不如不做任何解釋呢。

當時，韓國某大學醫院捎來電話說，透過媒體得知著名物理學家的症狀，建議讓姊姊嘗試新的治療方法。據稱這個新的治療方法來自於治療其他罕見精神系統疾病患者的治療法。雖然無法保證一定有效，而費用也很高昂，但我們別無選擇。

只要能讓姊姊好起來，無論什麼方法我都願意嘗試。

醫院提議，注入誘導多巴胺受體變形的藥物，強制加速大腦的認知時間。之後還嘗試使用過量鎮定劑的方法，以及用電流刺激大腦邊緣系統的海馬體齒狀迴的方法。甚至還嘗試透過練習移動樂高積木的位置，訓練認知能力的方法。我無從得知這些方法以何種方式影響著姊姊的內在時鐘，我能做的就只有相信姊姊能好轉的可能性。

不知是這些治療法中的哪一種發揮了作用，還是另有原因，姊姊開始能以緩慢的速度進行表達。醫院建議我們購買一台透過識別瞳孔定位來進行簡單對話的溝通輔助器，問題是機器的價格昂貴，補助又少得可憐。我花費很長的時間才掌握操作機器的方法。我知道要想和姊姊在同一個空間進行對話，就要克服這些問題。姊姊仍然無法認知語言，對她而言，說話是一種過快的交流方式。我們需要用很長的時間來講一句話，然後再用更長的時間等待下一則訊息，以此展開對話。

一個月後，姊姊才第一次利用輔助器跟我要水喝，接下來表達意願的時間開始逐漸縮短。姊姊第一次問我「還好嗎」的時候，我激動地擁抱她。姊姊的眼睛一直注視著我，但卻不知道我過得如何，跟她說了什麼話。儘管如此，我們至少還能以一個小時的時差問候彼此。

這時醫院採取更為大膽的治療方法。我同意了，我覺得姊姊也會同意的。

有時候，姊姊非常痛苦。因為藥物的副作用，會昏睡兩天才醒來。有時我覺得姊姊看起來並沒有好轉，病情反而加劇惡化。姊姊曾表示希望中斷治療，但我耐心地說服她，既然已經付出那麼多努力，怎麼能說放棄就放棄呢？我不曉得姊姊到底有多痛苦，更不知道她在接受治療時的感受。若姊姊想準確表達自己的感受，就需要很長的時間，而我也得耐心地等待時間經過。但問題是，我和姊姊之間流淌著完全不同的時間。我們無法分享彼此的痛苦。我希望能縮短我們之間的時差，這樣一來，即使不能生活在同樣的時間裡，但至少也能生活在一起。

即使痛苦，但一切都在漸漸地、緩慢地往好的方向發展。

至少我是這麼認為的。直到某一天姊姊突然消失……

姊姊說想出去透透氣，我帶她上來樓頂，在我去上廁所時，姊姊不見了。我腦海一片混亂，不曉得她是翻過欄杆墜落了，還是自己跳下去，又或者被人給綁走了。我不停地胡思亂想，在社區附近徘徊一整天，結果當晚收到姊姊雇用保母出國的消息。警衛給我確認閉路監視器，我在姊姊的電腦桌機裡發現訂購機票的明細單。

一個星期後，我收到姊姊寄來的郵件，上面只寫了三句話：

謝謝。我愛妳。我再也無法忍受了。

很明顯這是斷絕往來的宣言。

平日白天的摩天輪非常冷清，只有幾對像是情侶的人在周圍徘徊。我擔心又遇上颱風下雨，特地更改上課時間趕來，幸好風和日麗，沒起一絲風。今天是搭乘摩天輪最完美的日子。

我出示票後，職員打開第14號紅色座艙的門，裡面跟十年前幾乎一模一樣。座艙又小又窄，面對面的座椅只能擠下四位成人。我坐下後，地面稍稍傾斜了一下。沒有開啟的迷你掛式空調已經泛黃，看來應該是二十年前的舊型號。

門哐噹一聲關上，座艙緩緩騰空而起。

屋頂的全景接著映入眼簾，旋轉木馬和海盜船周圍空無一人，售票亭播放的吵雜音樂反倒氣氛襯托得更加冷清了。跑到百貨公司樓頂排隊等著坐摩天輪的人裡沒有一個孩子，全都是來體驗鬼神的大人。簡直沒有比這裡更可笑的地方了。

窗戶的玻璃上滿是劃痕，而且布滿了灰塵。由於玻璃上覆蓋了一層塑膠膜，使得外面的景色看起來就像經過虛化處理般。

隨著座艙漸漸升高，腳下的建築變得越來越小。罩著藍色石板瓦屋頂的農水產批發市場，掛有紅色招牌的汽車旅館和汗蒸幕，遠處的高層公寓和獨棟住宅，如同畫作般的高山和大海，冒出好似白雲般裊煙的工廠煙囪，皆盡收眼底。

抵達頂點時，我聽到嘎吱聲響，切身感受到人們說的即使沒有鬼也很恐怖的意思。我緊張地瞥了一眼座艙下方，隨即移開視線。

令人感到奇怪的是，從某個時間點開始，我就覺得窗外的風景幾乎沒有變化。若想確認座艙仍在持續移動，就要看向座艙內部，而不是外面的風景。十年前，我和姊姊搭摩天輪的時候，姊姊說過這麼一席話：

「想像一下星星之間的時差。越是遠處的風景，越是看起來像是靜止的，甚至連時間也變慢了。摩天輪正是展示時空相對性的建築物。座艙外部的移動和內部的移動是不同的。從外面看，座艙是以等速在運行，但坐在裡頭越是接近頂點，越是覺得風景和時間都靜止了。」

與期待有落差，摩天輪並沒有出現驚人的時空歪曲。時間只是感覺比平時走得更慢些。雖然地面是固定的，但視野卻莫名地搖晃，窗外的風景既模糊，卻又同時靜止。

我一個人坐了五次摩天輪。

即使坐了五次，我也毫無感覺。那麼多人都說抵達頂點時看到鬼，害我也很期待，但怪談裡的主角始終沒有登場。就在我打算購買第六張票時，職員反問我一句：「還是一張嗎？」他的表情就像是在懷疑我要上去安裝炸彈。

「不，算了。」

我稀里糊塗地回答他。我突然覺得就算再坐十次、二十次也不會有任何發現。

每次抵達頂點時，既沒有鬼出現，也沒有看到少年，有的只是心臟受重力牽引的感覺，以及高度和晃動帶來的驚心動魄。此時此刻，我的感受更接近於徒勞無功的空虛。根本什麼都沒有，我竟然親自跑來確認早已料到的事實。

可能是我的問題吧。相信鬼神的人會在頂點遇到鬼，認定有ＵＦＯ的人會看到窗外一閃而過的不明飛行物，沉迷於怪談的人會看到坐在對面的流血少年，或被剪掉耳朵的兔娃娃。然而我什麼也不相信，我只相信現實存在的。這全是姊姊教我的。

我想起教會我這一切，然後離我而去，現在又突然像沒發生過任何事般地出現，泰然自若談論起摩天輪的姊姊。

我究竟做錯什麼？難道在姊姊傳達治療辛苦的時候，我應該更耐心地傾聽她？但我說服她繼續接受治療的時候，她也點頭同意了啊！難道是我沒有守在她床邊充分地等待她表達意願嗎？

姊姊寫了謝謝和我愛妳，但也寫到她再也無法忍受了。這世上存在既感謝又深愛，但卻無法忍受的關係嗎？每當想起這句話，我都巴不得癱坐在地上痛哭一場。

白跑一趟。我沒有發現任何關於摩天輪的真相，結果紅著眼睛回到家，給姊姊回了信。

我特地選了39號座艙，但什麼也沒發現。妳也知道，那不過是相信胡言亂語的笨蛋們編造出來的傳聞。妳為什麼現在提起這種事？妳到底在做什麼？妳就一點也不好奇妳莫名消失後，我過得怎麼樣，心裡怎麼想的嗎？為什麼妳總是那麼任性自私？

寫到這裡，我突然覺得語氣太過生硬，且字裡行間充滿了怨恨。我把這段話刪掉後，重新回信。

姊，摩天輪沒有鬼。妳自己來確認吧。

回來的時候記得買一盒時思糖果。肉桂口味，要大盒的喔。

那天晚上，我靠在床頭反覆思考這件可笑的事。消失三年的姊姊突然來信要我去調查摩天輪的怪談。向來不相信超自然現象的姊姊竟然提出這麼荒唐的要求，而我卻乖乖照做地跑去搭了摩天輪，結果白跑一趟。

細細想來，我發現奇怪的地方，於是找出姊姊的那封信又重讀一遍。

信裡寫著這麼一句話「我的計算很準的」。我的視線停在「計算」兩字上。姊姊偶爾也會胡言亂語，但計算絕對不會出錯。雖然這是姊姊的慣用表達方式，但她向來很準確地使用這個詞。

她到底計算了什麼？摩天輪上真的有鬼嗎？

姊姊消失後，我從一些間接的線索中猜測到她的行蹤，線索之一就是她突然發表的第八篇論文。關於時空泡沫的另一篇論文。我突然想起在聖塔芭芭拉醫院跟我交換聯絡方式的研究員告訴我的論文標題。

搜尋後發現，那篇論文刊登在某理論物理學的期刊上。若想瀏覽就要訂閱，但因為我不是研究機構的人和大學生，所以年訂閱費要繳一千三百四十美金。我只好撥了通電話給仍就讀研究所的同學，他嘮叨半天才把論文傳過來。

如我所料，論文的內容我幾乎全看不懂，但從摘要和結論大致能推測出研究的主題。那是姊姊從開始攻讀博士後便深入研究的主題——宇宙分布的暗物質密度差導致出現局部時空泡沫。時空泡沫會形成一個脫離周圍的獨立小時空。姊姊借助暗物質數據，推測地球上也存在自然生成的時空泡沫，並以一大串的數學公式和論證證明這種推論。

但問題是，沒有能直接測定或透過實驗檢測出自然生成的時空泡沫的方法。時空泡沫微小至極，利用現有的技術僅能在嚴格管控的精密實驗室，或粒子加速器內部才能檢測到。姊姊的最後一篇論文，僅從理論上說明實驗室外部也能自然形成時空泡沫的可能性。

我又上網搜尋姊姊的名字，結果得到新的發現。我在預印本（Preprint）的「arXiv」網站看到一篇與姊姊最後一篇論文題目相似的論文，點擊進入頁面後，在發布者的履歷上發現姊姊的照片。我大致瀏覽過內容，確認與刊登在學術期刊上的論文內容相同。我滑到頁面下方，看到指摘口吻的留言，以及另外幾則贊同該留言的留言。

▼這種假說很有趣，但妳不覺得最後的結論比起科學，更接近於神祕主義嗎？

我很在意那則留言。據聖塔芭芭拉的研究員稱，姊姊的論文刊登在著名的理論物理學期刊上，這就表示該論文已經通過學術界的驗證。結論也沒有發現什麼奇怪的地方。難道在同行學者眼中有什麼不同嗎？可以肯定的是，姊姊不喜歡神祕主義。我心裡既不好受，也很想搞清楚那些人這麼說的原因，於是對照起「arXiv」網站上的論文和雜誌上的論文。除了表格和圖形略有不同，大部分的數學公式都一模一樣。

但在最終出版的論文結論中，少了一句話。出版前的論文中，我看到漏掉的這句話：

如果條件和狀況允許，人類便可以感知到時空泡沫。

我一邊搜尋用語，一邊閱讀全文。根據說明，時空泡沫的間距很小，因此波動的間距也很小，小到不會對人類的神經起到影響。但在人類多巴胺分泌十分活躍的瞬間，也就是時間感極度敏感的瞬間，時空泡沫便會帶動人類的感覺神經產生微弱的波動。這種微小的錯位在信號傳達過程中會被放大，引發暫時的感覺歪曲。那麼為了解決現實世界與感覺到的認知差異，大腦就需要導入其他的說明。

姊姊推測稱，大腦試圖填補這種感覺歪曲，由此人類根據文化的不同而體驗超自然的現象或短暫的情感波動。結論部分還附上關於強化顳葉邊緣系統結構時，出現的「奇異感覺」，以及說明這種認知偏誤（Misattribution）現象的相關資料。

我隱約明白大家會留這種留言的原因了。就算是不懂物理學的我也能看出，出版前的論文不屬於理論物理學的領域範疇。這更接近於神經生物學，但更重要的是，結論太欠缺邏輯。但不知為何，姊姊的假說深深吸引了我。

難道姊姊覺得摩天輪的傳聞和時空泡沫有關？

這怎麼可能呢？在這個再平凡不過的蔚山，且偏偏是在升到半空中的摩天輪座艙裡出現局部時空泡沫？在那又小又窄的空間裡，對時間敏感的人們也對時空泡沫做出反應，進而出現感覺歪曲，然後利用自己對超自然現象的渴望和好奇填補了感覺歪曲時產生的空隙。由此流傳出關於摩天輪的詭異傳聞……

我還是無法相信這種假設，因為需要太多必然的巧合了。

我再次深呼吸，清空腦海中那些無法理解的公式和圖表。說實話，對我而言，是否為時空泡沫一點也不重要。那是姊姊要解決的問題。我只是出於尊重她而去搭乘摩天輪罷了。我好奇的是，她一個人在異國他鄉過得好嗎？現在已經恢復到有閒情逸致去思考這些無稽之談了嗎？還有為什麼當初要離開？還覺得我很可怕嗎？

對姊姊而言，時空泡沫似乎非常重要，一天二十四小時毫無感覺的她走到世界的另一端，依然在尋找某種方程式解。

正因如此，我也非常想知道答案是否在那裡。

四天後，我收到了姊姊的回信。

我在聖塔芭芭拉的腦科學研究所充當實驗對象，這裡的研究員透過觀察進而分析我大腦的時間編輯機制。我也在這裡繼續擔任之前實驗室的助理。我知道妳無法相信這一切，但我現在能很緩慢地重新計算那些公式了。我腦海裡還模糊地留有那些公式，這也算是更進一步地繼續我之前的研究。我不知道會在這裡待到什麼時候，可以的話，我想一直待下去。

賢知，我很好，時而自覺開心，時而感到幸福。我想按照自己的方式找到人生的意義。我們見面後，妳再跟我說說這幾年妳過得怎麼樣吧。

姊姊在郵件的最後附上回國機票的收據。我確認飛機抵達的時間後，回覆說要去接機，但姊姊卻說不用。我很納悶她為什麼不讓我去接機，沒有人幫忙她要怎麼回來呢？我寫了封很長的回信，但最後還是刪除。

我已經疲於思考這些事了。也許姊姊在那生活過得比在韓國更好，畢竟聖塔芭芭拉的氣候宜人，適合休養。

我和姊姊約在位於三山洞高速巴士客運站旁邊的百貨公司前碰面，顯然她是想搭摩天輪。

我們約定見面的咖啡店位於摩天輪所在的百貨公司對面。在搭公車趕往約定地點途中，我拿出明天課程要上的模擬試題，但卻一個字也看不進去。準時抵達咖啡店，我心跳加速地推開店門。

週末的咖啡店裡座無虛席，一側的落地窗能看到摩天輪。我四下張望，尋找著印象中的姊姊。說不定姊姊真的過得很好，她悄然無聲的消失一定有她自己的原因。既然她還能充當實驗對象，能繼續擔任助理，那肯定比我最後一次見到她時……

我發現姊姊了，但她不是一個人，身旁還有一位看起來和她年紀相仿的女子。姊姊坐在椅子上，女子攙扶著她的手臂。我快步走到姊姊面前，跟我們最後一次見面時一樣，姊姊在別人的攙扶和幫助下以非常緩慢的速度轉頭看向我。

「姊，我是賢知。」

我不知道姊姊是否正看我，更不知道她轉頭是出於自己的意志，還是身旁女子的判斷。

「您好。是您今天跟柳賢和小姐約見面的吧？」

我看向講話的女生，驚慌失措地點點頭。

「是，沒錯。謝謝您。我叫柳賢知，您是……」

我本來問清她是誰，怎麼認識姊姊，但一時不知所措，便沒有追問。女子笑著站起身。

「我是今天初次見到柳博士。她透過研究室聯絡到我，我只負責送她過來。」

女子說完，露出略顯尷尬的笑容。她把掛在肩上的包帶掛在椅子上，接著從包包取出輔助器放在桌面。為了方便姊姊，還架起攜帶式支架，調整好高度後，她把輔助器放在上面。這都是姊姊事前拜託她的嗎？我站在一旁，不知所措地看著她做出這一些列的舉動。我之前也做過這些事，但怎麼現在感覺如此陌生？女子又從掛在姊姊椅子一旁的大衣口袋掏出什麼遞給我，那是一張列印好的字條。

我包包裡有妳的禮物。我們去坐摩天輪吧。抵達頂點時，會有時空泡沫。也許那就是所有傳聞的源頭。

妳也猜到了吧？我的計算很準的。

「那我先告辭了。妳們結束後，如果有需要的話，可以打電話給我，研究室就在這附近。」

女子打完招呼，走出咖啡店。

我無力地坐在對面的椅子上，把女子遞出的名片塞進口袋。姊姊的視線看向輔助器，而不是我。

根本沒有所謂催人淚下的重逢場面。我竟然期待看到有所好轉的姊姊，也對心懷期待的自己感到無言。姊姊仍是我記憶中的模樣，無法行走，必須依靠他人幫助才能稍微活動一下，無論誰在她面前說話、大喊或揮手，她仍舊無動於衷。姊姊依然得長時間面對輔助器上的文字，才能讀懂意思。

我打開姊姊的藍包包，看到裡面有一盒肉桂口味的時思糖果和一個寫著我名字的小紙袋。從紙袋上的聖塔芭芭拉標誌可以推斷，裡面應該是紀念品。我沒有打開看，而是直接放進我的包包。

「賢和姊。」

我叫喚姊姊，之後半晌都沒有說話。準確地說，應該是我沒有說話。我等待良久，想看看她是否會移動視線說話，但等待的人似乎是姊姊。

「好吧。妳想聽這段時間我過得如何？嗯，跟妳一樣，我也過得很好。」

我不知道為什麼會沒好氣地說出這句話。姊姊若無其事地寫信來，我還以為她過得很好，就算沒有痊癒，至少也更健康些，但並沒有。既然如此，為什麼還要見面？見了面，卻一句話也不能說。

「去年，我換了一間補習班，因為他們給的薪水更高。每天都一樣，天天跟那些孩子嘮叨，教他們寫作業，叨念他們連這麼簡單的題也不會。我還真懷念像妳這麼聰明的人。妳消失後，我交了一個男友，但上個月分手了。爸爸讓我開開心心地過好每一天，不要只想著結婚。對了，因為妳，我還去自學物理。突然發現這也沒什麼特別的嘛，我幾乎都能看懂，還以為妳是世紀天才呢。」

我一個人滔滔不絕地說著：

「妳走後，我突然感到自己的人生變得特別許多。妳特別了一輩子，就連生病也病得那麼特別。感覺妳的特別將我的特別全抹去了，所以我冒出一種想法，妳一聲不響地走掉，該不會是因為我吧？」

面對毫無反應，看著輔助器連眼也不眨一下的姊姊，說出這番話的我就像一個忿忿不平的人。坐在周圍的人全都看向我們。

「我知道不是因為我，但就是覺得如果是這種理由也不錯。」

突然間，我似乎明白姊姊離開的原因。

姊姊好像有話要說，緩緩地轉動起脖子。為了讓姊姊的視線對準輔助器，我隨即調整支架高度。沒想到我的身體竟還記得三年前做過的事。

姊姊慢慢移動視線，寫起字來。短短的幾分鐘感覺像幾小時那樣漫長。

直到姊姊的視線離開輔助器的畫面。

過得好？

我盯著這句話端詳半天，相當於姊姊寫出這句話所需的時間。

然後刪去問號，按了一個句號。

過得好。

姊姊的視線在畫面上停留許久，然後才移開。

姊姊慢慢看向我，她的眼神似乎正對我訴說什麼。我不知道該如何回應，只能與她互望。我已經表達自己過得很好。為什麼聽不到的她要問我過得好不好呢？我避開姊姊的視線，看向窗外巨大的摩天輪。我想起姊姊來這裡的目的，她想確認摩天輪的時空泡沫。

但姊姊也是來見我的，就算聽不到我講話，也應該知道我有多想念她。我告訴自己，姊姊是因為尊重我才回來的，她覺得我和時空泡沫同樣重要。這麼一想，我就不再恨她了。

「姊，我們走吧。」

我從椅子上站起，走到她身旁。我稍微彎曲膝蓋，只為了讓姊姊依靠而站起身。

「有什麼話，以後寫郵件再說。」

前往摩天輪的這段路，感覺走得比任何時候都還要遙遠。我們特意約在距離百貨公司一樓最近的咖啡店，但攙扶姊姊走過去仍舊非常吃力。摩天輪位於百貨公司的七樓，光是擠進電梯就讓我體力耗竭，但還有另一個難關擋在面前。迫於無奈，我在售票亭門口跟工作人員發生爭執。

「兩張成人票。」

職員用詫異的眼神打量了姊姊，然後指向禁止老人、孕婦和行動不便者乘坐的提示牌。

「為什麼不能坐？她又不會在座艙裡活蹦亂跳！」

我生氣地站在售票亭前不肯作出讓步，工作人員無奈地給某人撥了電話。他故意壓低音量通話，但透過窗戶還是不難發現他一直用看待奧客的眼神在瞄我。講了很久的電話後，他才把票交給我。我架著姊姊的手臂，生怕他以擔心姊姊摔倒為由不讓我們進去，所以挺直腰板一動不動地等在原地。好不容易輪到我們，不知為何突然一陣空虛迎面而來。辛苦了大半天，究竟能看到什麼呢？也許能看到的就只有灰濛濛的窗戶和窗外平淡無奇的蔚山風景吧。

「氣死人了。對不對？」

姊姊仍舊面無表情，靠我支撐她的力量緩慢移動著步伐。我很慶幸她無法察覺到剛才這場騷動。

天氣宜人，萬里晴空，今天是適合搭乘摩天輪的好日子，但感覺根本不會遇到鬼。輪到我們的時候，工作人員打開第20號藍色座艙的門。我突然緊張起來，因為座艙在月台停留的時間雖然足夠一般人上去，但對姊姊而言實在太短。幸虧工作人員在一旁協助，姊姊才安全地坐到座艙的椅子上。我坐在姊姊對面，門喀嚓一聲關上後，座艙緩緩離開月台逐漸上升。

我斜靠窗戶，轉頭看向姊姊喃喃地說：

「姊，妳還記得嗎？妳在這對我講過時空的相對性。現在想來，妳那時候就已經懷有理論物理學家的夢想。」

伴隨搖晃和嘎吱聲響，腳下的建築漸漸變遠。奇怪的是，我這次比之前坐過的那五次還要緊張，摩天輪感覺比平時更慢了。我探向窗外，神經徹底緊繃。

不過就是摩天輪而已。

播放著吵鬧音樂的旋轉木馬，沒有人排隊的海盜船，越過屋頂遊樂園的灰色大樓，藍色的石板瓦屋頂，如同樂高積木拼組的城市，多次俯瞰過的城市風景。此時的摩天輪對我已不再新鮮，讓我緊張的是另一個問題。

我擔心姊姊在這裡也沒有任何感覺。因為能預知結果，所以我越來越緊張。

即使明知道姊姊不會回答，但我還是問了一句：

「有什麼感覺嗎？頂點真的有什麼嗎？」

姊姊的視線停留在輔助器上，跟著緩慢地移動著，但畫面沒有顯示任何內容。座艙內感覺就像局部時空泡沫，跟姊姊坐在一起，我的時間彷彿也停止了。這種等待似乎永無止境，我無奈地看向窗外。

我突然產生一種想法，假如時空泡沫真的存在，說不定姊姊比任何人更能真實地感受到其存在。一般人只有借助近似於致死的藥物劑量時，才能在最緊張和興奮的瞬間處於極為緩慢的時間知覺狀態，但姊姊卻一直處於這種狀態。

我的視線從窗外近似靜止的城市風景移動到支撐座艙的鐵柱上，伴隨著座艙逐漸攀升，窗外風景的移動也漸趨和緩，只能透過支撐座艙的鐵柱感受到我們仍持續等速移動。時空的相對性。只有在過了頂點開始下降後，才有最終一切都過去了的感覺。與姊姊共度的時光讓人感到忽遠又忽近。

也許抵達頂點時，不會出現時空泡沫。我希望姊姊能找到她想要的答案，但我既無法想像也不相信真的存在時空泡沫。就像姊姊信裡寫到，她在那樣的人生裡過得很好，也時常感到幸福，希望能以自己的方式找到人生的意義。那也是我無法想像的人生。

這時，輔助器的畫面出現兩個字。

謝謝。

姊姊的視線仍停留在輔助器上，我很難讀懂她的表情。我看看畫面，又看向她，很想知道她在謝什麼。

姊姊的思緒始於很久以前。是從什麼時候開始的呢？坐上摩天輪的時候？座艙門關上的瞬間？還是剛才排隊時，我跟不友善的職員發生爭執的時候？姊姊知道我們現在身處摩天輪的座艙之中嗎？還是很久之後才能知道呢？

「謝什麼？」

我調皮地問她，但沒有回應。難以言喻的情緒湧上心頭，隨即又沉澱隱沒。在那短暫的瞬間，無數個無法組成句子的單字從我身旁閃過。

姊姊能理解這種心情嗎？不，她沒有必要理解。但她是怎樣的心情呢？

就在這時，我的感受與剛剛不同了。當下，姊姊沒有看著我，而是以非常緩慢的速度轉頭看向窗外。我追隨姊姊的視線。

眼看座艙就要抵達頂點，窗外的城市就像徹底靜止般。

「嗯。妳是想看這樣的風景。」

我突然意識到，姊姊和我的時間再也不可能重疊了。

即使是在當下，我們看到的也是完全不同的風景。

現在，是時候送別姊姊了。我必須承認，我們的世界在某一瞬間徹底分離。在姊姊的時空裡，一天就宛如依序掛滿的照片。這就是姊姊的世界，是她觀察世界的方式。即使我們不再迎來相同的時間，但姊姊依然會活在自己的時間裡。

座艙經過頂點時發出喀噔的聲響。一種難以解釋的預感從內心深處萌發而生，我感受到奇妙的晃動。那不是座艙傾斜的晃動，而是始於我內心深處的晃動。

我下意識開口。

「姊姊。」

輔助器從姊姊的手中滑落，碰到我的腳尖。

與此同時，我感受到心臟周圍的時空泡沫啪地裂開了，波動在神經細胞之間擴散開來，一粒粒空點咕嘟咕嘟地滲進心臟。

我終於明白傳聞的真相。那既不是鬼，也不是流血的少年，而是局部時空泡沫，是我數次在抵達頂點時經歷的，卻不以為然的晃動的源頭。那是與從同一個宇宙分離出的口袋宇宙擦身而過的瞬間。我思考起了蠶食姊姊意識世界的奇異波紋，在漫無止境的緩慢時間裡，她比任何人都能清楚地感知到時空泡沫。現在，姊姊成為世界上唯一能夠感知到時空泡沫的人。

「真的耶！」

費力解開死結後的空虛感拽著我的心沉了下去。

姊姊是對的。所有的現象都有原因。世界充滿泡沫的方程式解。

我轉頭看向姊姊，只見她的嘴角非常緩慢地，以近似於永恆的速度在上揚。但在我看來，她正得意洋洋地哈哈大笑。

彷彿在對我說：

看吧，我說得沒錯吧。

作者的話

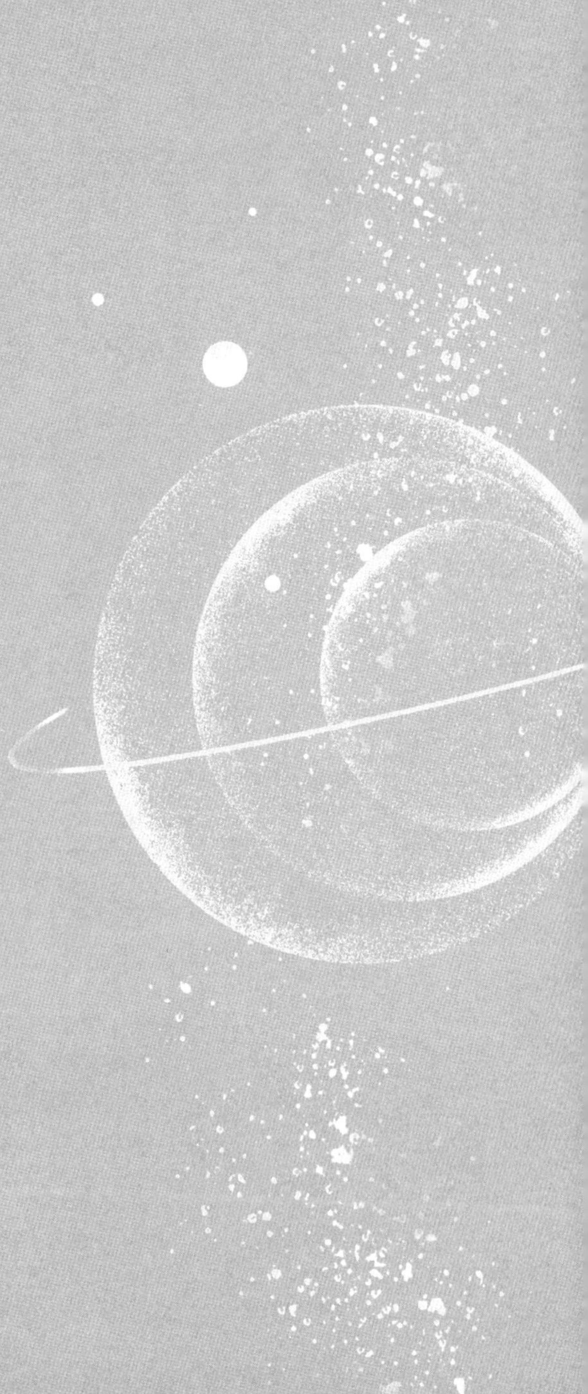

在宇宙中，隨處可見不受束縛的孤獨行星。我在這些行星之間隨意畫下不規則的線，想像著它們在瞬間接近彼此，然後分開，最終在無法相遇的太空中漸行漸遠。

我們不僅僅是看到的、聽到的和認知到的不同，而且生活在各自不同的認知世界裡。在寫小說的這幾年裡，我持續苦思冥想的主題是，如何能讓不同的世界暫時重疊，讓不同的世界有所接觸，以及產生接口（也許是線、點或共享的空間），但這些世界最終不可能徹底重疊，更不會共享，我們永遠只能獨自漂流在浩瀚的宇宙中。

但當我在這裡揮手，另一端有人給予回應時，這種瞬間的交錯便可以改變一個人，讓一個人回頭，甚至能夠讓一個人活下去。

於我而言，最重要的事情就是描繪出這些短暫交叉的瞬間。

二〇二一年十月

金草葉

收錄作品發表刊物

〈最後的萊伊歐妮〉——《文學與社會》二〇二〇年 秋季刊

〈瑪麗之舞〉——《廣場》（Workroompress, 2019）*原標題：廣場（國立現代美術館開館五十週年紀念展〈廣場：美術與社會1900-2019〉）

〈蘿拉〉——網誌《比喻》二〇一九年十一月刊

〈息影〉——《輔音與元音》二〇一九年 冬季刊 *原標題：布朗運動

〈長久的協定〉——《文學村》二〇二〇年 夏季刊

〈認知空間〉——《今天的SF》一刊

〈座艙方程式〉——主題小說集《都市小說》（韓民族出版，二〇二〇）

跋
在缺陷裡擁抱

劉芷妤（小說家）

我們要如何理解和自己完全不同的人？又要怎麼樣才能發自內心愛著無法理解的人？

承繼著金草葉在其科幻短篇小說中一貫的關懷，《剛剛離開的世界》再度以科幻題材所能創造出的多重面向，試著探討這樣艱難的命題：如果我們身在不同的世界、擁有不同的條件，我們要如何互相理解甚至相愛？

讀完全書，再回過頭來凝視《剛剛離開的世界》這個書名，便感覺這個書名宛如透明的切片，切工細緻極薄卻又充滿延展的韌性，既有科幻航行的速度感，也兼具了回首瞬間永恆的意境，恰恰能涵括整本書中七篇不同科幻設定的故事中共同的基調，也就是，在不能理解與試圖理解的過程中，最終無論結局是理解與否，我們都愛著，並且渴望繼續愛下去，即使在努力過後仍然無法理解，或者只能極為片面的理解，那也並不妨礙愛的可能。

全書七個故事裡，故事背景最接近我們此時此地的〈座艙方程式〉中，姊姊因一場意外造成自身認知與外界的時間斷層，等同失去與一般人即時溝通的能力，在妹妹全心努力協助復健一陣子之後，寫下「謝謝。我愛你。我再也無法忍受了。」而失蹤。過了多年，才與妹妹相約在充滿都市傳說的摩天輪座艙裡，為的是與妹妹一同感知姊姊研究多年的「時空泡沫」——而這在意外發生之前，即使在溝通無礙的狀態下，姊姊想對並非專門研究者的妹妹認真解釋，妹妹也聽不懂，但在摩天輪座艙抵達頂點的那一刻，姊妹倆一起感知了這個姊姊在意外前後都研究不輟的現象。

摩天輪座艙到達頂點的那一霎那，姊妹倆的「世界」重疊了，並且在下一刻，她們彼此又成為對方「剛剛離開的世界」。金草葉作家用這樣的一本書，提醒我們：我們經常將他人與我們之間的不同之處當成一種缺陷，並且時時想要為對方矯正，卻總是忘記在另一個視角看來，有缺陷的其實正是我們自己。

〈瑪麗之舞〉裡被稱為莫克族的視知覺障礙者，不認為自己與一般人的不同是種「缺陷」，反倒認為自身的不同是進化後的結果，於是發起一場既是恐怖攻擊也是行為藝術的行動，想要讓更多人知道：你們也可以「選擇」這種美好的缺陷；而〈蘿拉〉描述的是一種對自身身體的認知障礙，他們腦內所理解的「身體地圖」與實際上的「身體實體」有所落差，為了符合自己所認知到的「正常身體」，他們甚至在明知可能帶來各種不便的狀態下，自願爭取截肢或加裝技術尚不成熟的機械肢體，好讓自身的認知與實際相符，那麼，這該算是認知或身體障礙呢？

在瑪麗與蘿拉各自的故事裡，他們都因為是少數而被視為有其缺陷。所謂「缺陷」，便意味著需要矯正治療，好讓他們更朝「正常」靠近一些，但，如果他們不這麼認為呢？如果他們選擇了相反的方式去理解自己的「缺陷」，不想要多數人的「正常」，甚至視缺陷為一種進步呢？我們所謂的「正常人」該如何理解他們的理解？

互相理解需要不輟的溝通，那麼，如果連溝通方式都截然不同呢？〈息影〉描述了一個長年在地下生活、使用嗅覺粒子而非有聲語言來溝通的種族，無意間拯救了一個歷經漫長太空冬眠旅程而墜落在他們星球上的地球女子喬安，在這個完全無法想像用「聲音」溝通的種族中，所有人都將喬安視為異類，唯有一個名叫端喜的女子願意試著理解與幫助喬安，喬安在端喜身上得到了強大的支持與友情，端喜甚至發明出了能讓喬安也可以使用嗅覺粒子來溝通的輔助儀器，卻依然無法改變喬安在這些地下種族裡感受到的排斥與孤獨感——「那些讓我愛上這裡的原因，並沒有讓我不那麼討厭這裡。」

對於息影的地下人而言，喬安的缺陷顯而易見，但做為一個地球人類，喬安知道自己並沒有任何缺陷，只是到了不屬於自己的地方，然而為了逃離末日而離開地球的喬安而言，宇宙間還有屬於自己的地方嗎？值得讓她離開始終善待自己的端喜去尋覓嗎？

若說〈息影〉中溝通方式的絕對差異讓融入群體成為不可能實現的期待，那麼〈認知空間〉中，在一個人人都倚賴宛如外接硬碟般的「認知空間」以建立共有知識系統的世界裡，伊芙因為身體缺陷而無法與大家共享認知空間裡的廣袤知識，而讓始終陪伴在身邊的好友珍娜與自己漸行漸遠，甚至成為人們共同記憶中被刪除的一部分，這聽來似乎是無法挽回的故事流向。然而金草葉仍在故事最後，讓珍娜為伊芙的個人認知找到了出路，體悟了對世界的不同認知並非只是一種分裂，而是探求更多真相的可能。

——等等，真理不應該只有一個嗎？對真理的不同認知，除了紛爭以外，要如何帶來更多真相？

如果願意停下來，認真想想，讀者不難發現，這些散落在各篇故事裡的問題，對身在地球上的我們而言，並非科幻想像，而是日常。

難道不是嗎？在這個世界的我們，與深受某些惡名昭彰政論節目影響的親人爭論，感覺好像活在平行世界般難以溝通，想不透這麼明顯這麼簡單的事證擺在眼前，為什麼他們就是看不見？說出口的話怎麼能與事實差距這麼遠？明明我們之間沒有任何一方「拿錢辦事」，但彼此打從骨子裡相信不同解讀的各自堅持，才更讓人絕望；更別提在 me too 運動甚囂塵上之際，心愛的枕邊人竟能無視於自己的性別說出一竿子打翻一船人的話，難道他／她沒想過自己的感受嗎？難道他／她也覺得自己可能是十惡不赦的性暴力預備犯、可能為了跟風就說謊誣陷他人嗎？我所愛的伊人，難道真的只因為性別就能和我之間拉開這麼深的鴻溝嗎？

「你怎麼可以這麼想？是什麼讓你這麼想的？連這麼愛你的我都不能改變這種明顯有問題的想法嗎？」

憤怒是真的，不解是真的，傷心是真的，思緒像是從未交集的電波那樣在空中完美錯過也是真的，但愛也是真的，再怎麼難以理解對方的想法還是想要為他排隊買他愛吃的東西、在他病痛時祈求所有的神佛拿走自己的生命來拯救對方，那都是真的。

但怎麼可能是真的？不能理解的時候，到底要怎麼愛？對方與我們之間的不同，彷彿是一種致命的缺陷，讓愛著對方的同時必須接受這些缺陷的我們，深陷痛苦之中。

金草葉《剛剛離開的世界》用七篇故事回答了這樣的問題，或者說，用無法回答問題來平撫了人們的焦慮。

她告訴我們，並不是所有為了理解彼此所做的努力，都會有所效果、有所回報。

只是，即使如此，在不同的科幻想像，甚至不同的地球日常之中，在各式各樣被視為差距、缺陷與悲劇命運的致命落差之中，依然奮力去理解也奮力去愛，則是殊途同歸的。

〈長久的協定〉中，地球人對於貝爾拉塔星球上的人們寧可癲狂而死也要遵守的信仰禁忌，恐怕很類似知識分子視多數虔信宗教的人們為迷信的愚昧態度，金草葉在故事中給了這樣的信仰禁忌一個合理的解釋，但我們在此生中不太可能得到真正的解答。有趣的是，作家自己或許也不認為「合理的解釋」是必須的，在本書多數的故事映照的現實裡，我們並不是因為合理才去愛一個人，而是我們因為想要去愛，所以努力理解對方，試圖讓這份愛變得合理。

因為我們想要去愛。

這個渴望與原始的衝動，或許就像本書第一篇故事〈最後的萊伊歐妮〉之中，被複製傳承的那個「缺陷」一樣，它會帶著我們穿越星際，去追尋一個可能終歸要徒勞無功的任務，卻因此而拯救了他人，甚至自己。

明知不合理，明知無法溝通，明知難以理解，卻還是想要去愛，這就是我們的缺陷。

如同〈瑪莉之舞〉裡的莫克族那樣，我們並不引以為恥，而是欣然擁抱這個缺陷，甚至樂於讓它成為一股永恆的萬有引力，在每一次我們與他人錯身而過的瞬間，在每一個我們剛剛離開、以及即將相遇的世界。

小說精選

剛剛離開的世界

2023年8月初版　　定價：新臺幣420元

著者　金草葉
譯者　胡椒筒
叢書主編　黃榮慶
校對　吳美滿
內文排版　王君卉
封面設計　鄭婷之

副總編輯　陳逸華
總編輯　涂豐恩
總經理　陳芝宇
社長　羅國俊
發行人　林載爵

出版者　聯經出版事業股份有限公司
地址　新北市汐止區大同路一段369號1樓
叢書編輯電話　(02)86925588轉5307
台北聯經書房　台北市新生南路三段94號
電話　(02)23620308
郵政劃撥帳戶第0100559-3號
郵撥電話　(02)23620308
印刷者　文聯彩色製版印刷有限公司
總經銷　聯合發行股份有限公司
發行所　新北市新店區寶橋路235巷6弄6號2樓
電話　(02)29178022

行政院新聞局出版事業登記證局版臺業字第0130號

本書如有缺頁，破損，倒裝請寄回台北聯經書房更換。　ISBN 978-957-08- 7015-2 (平裝)
聯經網址：www.linkingbooks.com.tw
電子信箱：linking@udngroup.com

國家圖書館出版品預行編目資料

剛剛離開的世界/金草葉著．胡椒筒譯．初版．新北市．
聯經．2023年8月．304面．14.8×21公分（小說精選）
ISBN　978-957-08-7015-2（平裝）

862.57　　　　　　　　　　　　　　112010589